Stuart M. Kaminsky

Der Tod des kubanischen Kochs

EUROPA
VERLAG

Aus dem amerikanischen Englisch von Judith Heisig

GourmetCrime:

Miami

Stuart M. Kaminsky

Der Tod des kubanischen Kochs

Herausgegeben von **Jürgen Alberts**

Europa Verlag
Hamburg · Wien

Umschlaggestaltung: +malsy, kommunikation und gestaltung, Bremen
Satz: Hanseatisches Satzkontor, Hamburg
Druck und Bindung: Offizin Andersen Nexö, Leipzig
ISBN 3-203-85208-X

Informationen über unser Programm erhalten Sie beim
Europa Verlag, Neuer Wall 10, 20354 Hamburg
oder unter www.europaverlag.de

Die Straße überqueren

Der alte Mann stand in der schmalen Lücke zwischen zwei geparkten Wagen am Bordstein. Hinter ihm in der Dunkelheit lag in vielleicht hundert Metern Entfernung das Meer, doch er konnte die Wellen nicht hören.

Vor ihm Lärm, aus Radios dröhnende Musik, eine Combo, die in einem der kleinen Hotels auf der gegenüberliegenden Seite des Ocean Drive spielte. Der Geruch zusammengedrängter Körper, die sich durch die enge Straße schoben, sich wiegende Körper, die entblößten Arme hoch in die Luft gereckt, die Achselhöhlen junger Mädchen mit Tattoos auf der Schulter und silbernen Piercings in Nase und Nabel. Ein glitschiger Strom von Leibern, die durcheinander glitten wie Aale im Wasserbecken, füllte die Straße.

Auf der gegenüberliegenden Straßenseite konnte er sein Ziel sehen. Selbst für einen Mann seines Alters lag das Gebäude nur einen Steinwurf weit entfernt, doch er zögerte, konnte sich nicht überwinden, in den freitagnächtlichen Strom von Tausenden Körpern ein-zutauchen, sich durch den Gestank von Schweiß, Bier und angebrannten Pizzen in hitzeverquollenen Händen zu winden, vielleicht in etwas Ekliges zu treten.

Unschlüssig stand er da; das niedrige, in Orange, Gelb, Pink, Grün und Lavendel gestrichene Art-Deco-Hotel gegenüber grinste ihn mit seinen weit geöffneten Fenstern an.

Das Gedränge der Menschen war dichter als bei einem Fest auf der Calle Ocho, und statt des vertrauten Geruchs seiner Landsleute stiegen ihm verschiedenste Gringo-Ausdünstungen in die Nase.

Er zögerte. Auf dem schmalen Bürgersteig, der nicht ganz so überfüllt war wie die Straße, liefen Menschen an ihm vorbei. Er wurde angerempelt und wäre beinahe einem lächelnden Mädchen mit weißen Zähnen in den Weg gestolpert. Ihr dunkles Haar war zurückgekämmt, ihre Brüste in dem engen Träger-Top wippten im Takt zu irgendeiner Musik, die sie aus dem allgemeinen Lärm herausfilterte und mit geschlossenen Augen verzückt in sich einsog.

Trägerhemden, Jeans und Shorts, junge Männer mit von Alkohol geröteten Gesichtern, als ob in ihrem Kopf eine Lampe glühte, und der Pulsschlag der Menge um sie herum. Etwas ältere Männer und Frauen, die einen Hauch jenes Lebensfeuers erhaschen wollten, das die quirlige Jugend entzündet hatte.

Er zögerte.

Sein Anzug war weiß und sauber, wenn auch alt und von der Hitze, der Luftfeuchtigkeit und dem Gedränge zerknittert. Er konnte nicht umkehren. Seine Krawatte, die ihm sein Onkel vor mehr als einem halben Jahrhundert in Havanna geschenkt hatte, trug er locker um den Hals geschlungen.

Er hatte sich angezogen, als ob er ein fremdes Land besuchen würde. Er fühlte sich, als ob er in einem fremden Land wäre. Er war niemals zuvor hier gewesen. Was er vor sich sah, war nicht das alltägliche Leben, sondern ein primitives Ritual, das mit fortschreitender Nacht immer zügelloser werden würde, bis bei Tagesanbruch die wogenden Körper verschwunden und die menschenleeren Straßen mit traurigen Abfällen übersät wären.

Nur langsam und widerwillig wuschen sich die Gringos am nächsten Morgen die Spuren der nächtlichen Ausschweifungen vom Leib. Das kannte er. Er hatte es gesehen. Er hatte es gerochen. Seine Nase war empfindlich. Auf seiner Zunge erwachte die schwache Erinnerung an ein fast vergessenes Rezept.

Er zögerte nicht länger. Der alte Mann schloss die Augen und bekreuzigte sich mit gesenktem Kopf. Als er wieder aufsah, blickte er in das Gesicht eines jungen Mannes, der ein T-Shirt mit der Aufschrift »Sag's nicht weiter, die Welt ist zum kotzen!« trug und der die Geste des alten Mannes nachäffte.

»Amen«, sagte der junge Mann mit dem orange gefärbten Haar, sein Atem roch nach abgestandenem Bier.

Der alte Mann trat auf die Straße. Er war nicht klein, doch früher war er größer gewesen. Gesichter, Hinterköpfe – er versuchte, niemanden zu berühren, aber es ließ sich nicht vermeiden. Immer wieder stieß er in dem geschlechtslosen Strom von Leibern gegen einen Arm, eine Brust, einen Hintern oder eine Hüfte.

Zwar war er für einen Mann seines Alters nicht kränklich, doch er vertrug die Nähe nicht. Die Ausdünstungen, die ihn zuvor schon bedrängt hatten, drehten ihm nun den Magen um.

Und die Leute lachten und tanzten auf der Straße, wo gar kein Platz war, um nach einer Musik zu tanzen, die gar keine Musik war, sondern eine Kakophonie von tausend Trommeln und Trompeten.

Und dann, vielleicht in der Mitte der Straße, durchfuhr ihn der Schmerz unten am Rücken. Er taumelte nach vorn, fiel auf die Knie, und ihm fuhr durch den Kopf, dass er damit seinen einzigen guten Anzug beschmutzte. Beschämt und gedemütigt suchte er Halt an dem nackten Bein eines blonden Mädchens, das einen Plastikbecher Bier in der Hand hielt. Das Mädchen lachte, legte ihm die freie Hand auf den Kopf und rief: »Geiler alter Bock entlaufen!«

Sie verlor das Gleichgewicht und schüttete ihr Bier über Kopf und Schultern des alten Mannes. Jegliche Würde war ihm genommen.

Dann schrie sie auf und stieß ihn von sich. Sie schrie, weil sie das Messer im Rücken des alten Mannes sah und im Dunkel der tanzenden Schatten sogar das Blut erkennen konnte.

Ihr Schrei war einer unter vielen, die von dem Meer der Geräusche aufstiegen, doch dieser Schrei war anders.

Die Menge teilte sich und bildete einen Ring. Der alte Mann streckte flehend die Hand aus und blickte zu dem Haus auf der gegenüberliegenden Straßenseite, auf das er zugesteuert war.

»*Ayuda me, por favor*«, sagte er zu einem jungen Mann mit nacktem Oberkörper, der ihm die Hand reichte.

Der alte Mann ergriff sie.

»*Si abuelo*«, entgegnete der junge Mann, als er den überraschend festen Griff des sterbenden Mannes spürte.

Zwei Polizisten in Uniform, mit Schweißflecken unter den Achseln ihrer kurzärmeligen hellblauen Hemden, drängten sich durch die Menge und steuerten auf das kreischende Mädchen zu.

»*No tiene miedo*«, flüsterte der alte Mann dem Mädchen zu. Er wusste, dass die Erinnerung an ihn sie für den Rest ihres Lebens verfolgen würde. Er versuchte ihr zuzulächeln, um zu zeigen, dass er wohlauf sei, doch er wusste, dass er nicht wohlauf war.

Hinter ihm, genau dort, wo er wenige Augenblicke zuvor am Bordstein gestanden und gezögert hatte, zog der Mann, der das Messer tief in den alten Mann gestoßen hatte, in aller Ruhe seine Handschuhe aus, knüllte sie zusammen und warf sie auf einen Haufen Abfall, der aus einem überfüllten Papierkorb quoll.

Fast alle in der dichten Menge, sogar jene, die noch einen Block entfernt waren, starrten in Richtung der Schreie und spürten, dass etwas Außergewöhnliches geschah. Sie waren hergekommen, um etwas Außergewöhnliches zu erleben. Und sie sollten es erleben.

Nur ein junges Paar um die zwanzig sah nicht in Richtung des alten Mannes, der nun nach vorn auf sein Gesicht gefallen war. Seine Augen schlossen sich, nur wenige Zentimeter neben seiner Nase lag ein Stück Rinde von einem *Medianoche*-Sandwich.

Die beiden jungen Leute beobachteten den Mörder, dessen Augen die ihren trafen und der ihren Blick für die Länge eines Mambo-Taktschlags erwiderte, bevor er in der Menge verschwand.

Allein sein

Bradford hörte den Schrei. Und er hörte ihn nicht. Er war da. Wie das Kratzen eines Fingernagels an dem sich dahinwälzenden Wall aus Lärm da draußen. Ein Wall, den er schon lange ignorierte – nicht aus schierer Willenskraft, sondern weil er sich daran gewöhnt hatte. Er hatte keine Bedeutung. Ein Schrei hatte keine Bedeutung. Das Aufbranden von Applaus oder Gelächter hatte keine Bedeutung. Bedeutung existierte nicht. Es gab nur die Existenz.

Bradford hatte einen Vornamen, Jimmy. James. James Arthur. Niemand nannte ihn Jimmy. Nicht seit er ein Kind gewesen war. Nicht einmal seine Frau, als er noch eine hatte. Er war immer nur Bradford gewesen, sogar als sein Vater – Gott mochte seiner Seele gnädig sein, wenn es denn einen Gott gab – Bradfords Mutter damals angeschrien hatte, weil der Sonntagsbraten verkohlt war, und mitten in seiner Schimpfkanonade an einem Schlaganfall starb.

Warte. Nimm das zurück. Ein Mensch nannte ihn Jimmy. Seine Tochter, Erin. Niemals Vater, Daddy oder Dad. Immer nur Jimmy. Er wusste nicht, warum. Sie auch nicht. Es hatte sich einfach so entwickelt. Das letzte Mal, als sie ihn Jimmy genannt hatte, war auch das letzte Mal gewesen, dass er sie gesehen hatte. Vor zwölf Jahren, drei Jahre bevor er in den Knast ging, weil er Schmiergelder von sechs kubanischen Läden in der Calle Ocho kassiert hatte. Die Besitzer hatten alle gegen ihn ausgesagt.

Detective James Arthur Bradford, der tief im Suff und im Selbstmitleid steckte, hatte seine Zeit genutzt. Während andere Insassen sich in Bodybuildung und Überlebenstraining übten, übte er sich in Nüchternheit und Nachgiebigkeit. Er war Gefängniskoch gewesen. Er war gerne Koch. Gelernt hatte er vom besten, von Sebastian Justo Contesta im *Pajarito*. Auf der Straße machten sie Witze über ihn – den cholerischen irischen Cop mit den flinken Fäusten, der so gerne kubanisch kochte und noch lieber kubanisch aß. Kochen und essen hatten Bradford einigermaßen normal gehalten. Absonderlich, wie er war, hatte der weiße irische Cop sich zu einem beachtlichen Meister der kubanischen Küche entwickelt, hatte die Sprache gelernt.

Bradford wusste nicht, wie spät es war. Er wusste nur, dass es nach zwei Uhr morgens sein musste. Zwei Uhr morgens war die Zeit, um die er seine Zehn-Stunden-Schicht als Koch im *Tin Tienda* beendete und ins Hotel ging, wo er im zweiten Stock ein winziges, nach hinten liegendes Zimmer bewohnte – Teil seines Gehalts. Auf der Speisekarte standen Standard-Gerichte – kubanische Sandwiches, *ropa, chili, tortillas.* Er bereitete alles ohne Nachdenken zu. Er wollte nicht nachdenken. Er war ein guter Angestellter. Er arbeitete, wann immer ihn Al Toriano darum bat, sein Essen nahm er während der Arbeitszeit ein, verlangte nicht mehr als einen Hungerlohn und lebte in einer Zelle mit einem kleinen Fenster, das den Blick auf die Wand des gegenüberliegenden Hotels freigab.

Wenn er wollte, konnte er in das Zimmer gegenüber sehen, sofern dort die Jalousien hochgezogen waren. Aber er wollte nie. Seine eigenen Jalousien hielt er geschlossen.

Bradford wusste nicht, ob er müde war. Er lag im Bett und überdachte sein Leben. Nicht dass er wünschte, dass es anders verlaufen wäre, er erinnerte sich einfach an die guten und die schlechten Dinge.

Gerüche, Geräusche, Bilder der Vergangenheit und Bilder, die niemals zuvor in seinem Inneren aufgeflackert waren, während er wartete, ohne zu wissen, worauf er wartete.

Im Gefängnis hatte Bradford einen Herzinfarkt erlitten, einer der Gründe, warum er schon bei seinem ersten Antrag auf Bewährung entlassen worden war. Der Herzinfarkt und der Umstand, dass er vertrauenswürdig schien, dass ein Job auf ihn wartete und er keinen Ärger gemacht hatte. Der Gefängnispsychiater hatte gesagt, er sei nicht depressiv. Bradford war jenseits jeder Depression, er näherte sich dem Nirwana – obwohl er den Zustand, wenn das Universum und was auch immer Bradford war miteinander verschmolzen wären, niemals so genannt hätte.

Er besaß einen Fernseher. Farbe. Er hatte ihn von Ernest Gantz bekommen, seinem Vorgänger, der den Job als Koch nur so lange hatte, bis Bradford aus dem Gefängnis entlassen wurde. Das Zimmer hatte Ernest gehört. Der Fernseher und die Möbel hatten Ernest gehört. Ernest hatte nicht Ernest gehört. Er schuldete sein Dasein Geldverleihern. Ernest hatte ein wenig gespart, sehr wenig. Er war verschwunden. Bradford übernahm den Fernseher mit dem verschwommenen Bild, das ihm Gesellschaft leistete.

Er stellte den Fernseher an, wenn er in sein Zimmer kam, stellte ihn aus, wenn er zu Bett ging. Er erinnerte sich an wenig von dem, was er sah, und er schaute, was auch immer gerade auf NBC und ABC kam, den Sendern, die er empfangen konnte.

Er hatte den Fernseher und das Licht ausgeschaltet. Streifen von Gelb schimmerten unter den Lamellen seiner Jalousie hervor. Nicht viel, aber genug, dass er den Weg zum Bett fand. Am nächsten Morgen würde er in der kleinen Duschkabine in der Ecke duschen. Den Kopf auf zwei Kissen, ein drittes an sich gepresst, lag er in Unterhosen da, lauschte dem Sirren des Deckenventilators, fühlte den kühlen Luftzug auf seinem Gesicht und seinem Hals und ließ unablässig den Film vor seinem inneren Auge ablaufen.

Maddy, seine Frau, und Erin, die ihm gegenüber am Tisch saßen und schweigend aßen, die ihn beobachteten, die darauf warteten, dass er wegen einer Nichtigkeit in die Luft ging, wie es sein Vater getan hatte, dass er starb, wie sein Vater gestorben war, die wahrscheinlich sogar wünschten, dass es geschehe.

Ich bin nicht wie mein Vater, dachte er, richtete Worte an sie, die er niemals ausgesprochen hatte. *Die Leute mögen mich,* wollte er ihnen sagen, obwohl er nicht sicher war, dass sie das tatsächlich taten. *Ich liebe euch beide* – ein anderer Gedanke, den er niemals ausgesprochen hatte, jedenfalls nicht, wenn er nüchtern war und sich erinnern konnte, was er gesagt hatte.

Immerhin war ich auch als schlechter Polizist ein guter Polizist. Dessen war er sich sicher. Er hatte niemals Schmiergeld von einem Verbrecher angenommen, hatte niemals einen Gewalttäter laufen lassen, auch wenn Typen mit Drogengeld, Waffen und dem entsprechenden Auftreten ihm eine Menge Dollar angeboten oder ihn und seine Familie bedroht hatten. Nie. Nicht ein einziges Mal.

Bradford hörte sich selbst schwer atmen. Er war übergewichtig; beim letzten Besuch bei seinem Kardiologen Gilberto Sebastianacruz hatte die Waage zweihundertfünfzig Pfund angezeigt. Er konnte Gilberto nicht ausweichen. Gilberto war Stammgast im *Tin Tienda.* Er warnte Bradford vor dem, was er aß – nämlich all dem, was er zubereitet hatte –, doch Gilberto, der fast genauso übergewichtig war wie Bradford, sorgte sich niemals darum, was er selber aß.

»Ich bin ein Opfer meiner Kultur«, würde Gilberto

sagen. »Und Vernunft kommt gegen Kultur nicht an.« Und dann würde Gilberto mit einer ganzen Batterie überladener Tacos zum Aufbruch in Richtung Tal des Todes blasen.

Bradford schlief.

Morgen. Ein Klopfen an der Tür.

Bradford erwachte aus einem traumlosen Schlaf. Er drehte den Kopf, um einen Blick auf die Uhr zu werfen. Auch eine Hinterlassenschaft von Gantz, vielleicht alt genug, um sie zu einem Antik-Trödler zu bringen. Es war kurz nach sechs. Vier Stunden Schlaf. Vielleicht. Vielleicht weniger. Egal.

Möglicherweise war der Typ von der Morgenschicht nicht aufgetaucht, und Al Toriano stand nun vor seiner Tür oder hatte jemanden geschickt, der Bradford holen sollte. Bradford hatte kein Telefon. Er wollte kein Telefon. Es gab niemanden, den er anrufen, und niemanden, von dem er hören wollte – vielleicht mit Ausnahme seiner Tochter, die wer weiß wo lebte. Möglich, dass er auch von ihr nicht hören wollte. Konnte sein, dass sie ihm nur Vorwürfe machen würde. War er Großvater? Kümmerte es ihn überhaupt?

Es klopfte noch einmal.

»Wer da?«, fragte er mit heiserem Krächzen, das nach einem Kaffee verlangte. Er suchte seine Armbanduhr, eine Zehn-Dollar-Timex mit großen Ziffern. Wahrscheinlich brauchte er eine Brille.

»Tony, Tony Quinto«, kam die Antwort hinter der Tür.

Bradford setzte sich auf und rieb sich über seinen stacheligen Morgenbart. Er wusste, sein Atem roch schlecht, sein Körper wahrscheinlich noch schlechter. Er trug ein weißes XXL-Shirt mit einer Zeichnung von Jerry Garcia auf der Vorderseite. Der Typ, der die T-Shirts herstellte und auf der Straße aus seinem Rucksack verkaufte, hatte es bei ihm gegen fünf normale Tacos und eine Dose Dr. Pepper eingetauscht.

Bradford stapfte barfuß zur Tür und öffnete. Sie war nicht abgeschlossen gewesen.

Vor der Tür stand Tony. Piekfein. Das traf es. Das war immer die richtige Bezeichnung für Tony. Schlank, muskulös, kein Fältchen in seinem dunklen Anzug, dazu eine matt rote Krawatte mit blauen Streifen. Wie alt? Vielleicht fünfundvierzig, ein paar Jahre jünger als Bradford. Glatte schwarze Haare, eine Armani-Brille, manikürte Fingernägel, eine Armbanduhr, für die Bradford sein Jahresgehalt hätte hinlegen müssen, zwei glitzernde Ringe.

»Kann ich reinkommen, oder soll ich gehen und die Erinnerung an dich mitnehmen?«, fragte Tony lächelnd. Seine Zähne waren weiß und ebenmäßig. Bradford erinnerte sich an eine Zeit, als sie es nicht waren.

Bradford trat zurück und ließ Tony herein.

»Licht?«, fragte Tony.

Bradford zuckte die Achseln. Tony machte Licht an und ging zum Fenster hinüber, um die Jalousie ein wenig hochzuziehen. Aus Nacht wurde Tag. Sie hatten die Grenze zur Gegenwart überschritten. Hier oben kümmerte Bradford sich nicht um sie, doch nun war sie da.

»Du siehst beschissen aus«, sagte Tony lächelnd.

»Ich brauch 'ne Dusche und 'ne Rasur«, erwiderte Bradford.

»Du brauchst mehr als das«, sagte Tony, der sich nach einer Sitzgelegenheit umsah. Die Auswahl war begrenzt. Entweder das ungemachte Bett, das wahrscheinlich ein frisches Laken benötigte, oder der einzige Stuhl, der neben dem Fenster an einem kleinen runden Tisch stand. Tony nahm zwei alte *Newsweek* vom Stuhl und setzte sich.

Sie hatten eine Geschichte. Als Bradford noch Detective war, hatte er Tony wegen Drogenhandel und Erpressung dreimal festgenommen. In einem Fall war es zur Anklage gekommen. Tony hatte drei Jahre wegen Drogenbesitz gesessen. Auch wenn der Richter wusste, dass er ein Dealer war, hatte er es nicht beweisen können und ihm deshalb für das geringere Vergehen die Höchststrafe aufgebrummt. Als Tony aus dem Knast kam, musste Bradford rein. Sie gaben sich sozusagen die Klinke in die Hand. Bradford verlor Pension, Frau, Tochter, Gesundheit und die Selbstachtung.

Während der Zeit, als er in der Küche des *Pajarito* rumhing, hatte er von Sebastian Justo Contesta genug gelernt, um im Gefängnis als Koch zu arbeiten. Indem er Essen gegen Schutz eintauschte, blieb der Ex-Cop unverletzt und überlebte.

Als Tony rauskam, nahm er sein gut verstecktes Drogen- und Erpressungsgeld, und mit einer Ironie, der er sich nicht bewusst war, kaufte er das *Pajarito* in der Calle Ocho – genau das Restaurant, wo Bradford das Kochen gelernt hatte und wo sein Lehrmeister, Sebastian Justo Contesta, noch immer arbeitete.

Als Bradford rauskam, stellte Tony ihn ein. Es amüsierte und befriedigte Tony, Bradford einen Job zu geben. Es war nicht etwa ein Zeichen seiner Vergebung oder Großzügigkeit, sondern seiner Macht. Bradford lernte mehr, viel mehr, sowohl Kochen als auch Spanisch.

Er war kurz davor, Angebote zu bekommen, einige kleinere Restaurants hatten schon ihre Fühler ausgestreckt, und Sebastian empfahl ihn aufs Wärmste, doch dann war da die Herzschwäche und ein kurzer Ausrutscher auf der Straße der Nüchternheit. Bradford versank im Alkohol und in einem Meer des Selbstmitleids, das er später auf wundersame Weise in einen Ozean der Gleichgültigkeit verwandelte. Tony feuerte ihn. Er hielt sich über Wasser, indem er downtown in kubanischen Imbissen die Küchen schrubbte. Er hörte auf zu trinken. Das Essen ersetzte den Alkohol. Bradford wurde dick. In den letzten zwei Jahren hatte Bradford gewaltig zugenommen.

Tony sah auf die Uhr.

»Geh unter die Dusche, rasier dich, zieh was Ordentliches an. Hast du was?«

Bradford zuckte die Achseln.

»Na ja, mach das Beste aus dem, was du hast. Ich habe ein Buch dabei. Ich habe immer ein Buch dabei. Du erinnerst dich?«

Bradford nickte und ging zu der kleinen Duschkabine in der Ecke. Tony zog ein Taschenbuch aus seinem Jackett. Er sah aus wie ein Gangster in einem alten Film, der nach seiner Waffe greift, die sich dann immer als Feuerzeug oder Brieftasche oder als ein Foto seiner Mutter entpuppt.

Tonys Buch war eine Sammlung angeblich wahrer Geschichten über Begegnungen mit Gespenstern und Poltergeistern und über Menschen, die mit der Kraft ihrer Gedanken Gegenstände bewegen konnten. Außerdem ging es um Wesen aus der Zukunft, die mit fliegenden Untertassen zur Erde kamen, um die Menschen auszuspionieren und sie in ihre Raumschiffe zu entführen, wo sie an ihnen rumprokelten und rumprobierten und schließlich alles protokollierten.

Hinter dem blauen, mit Flamingos bedruckten Plastikvorhang rauschte das Wasser, und Bradford grunzte und wusch sich.

»Hast du Seife?«, fragte Tony.

Bradford grunzte.

»Benutz sie«, sagte Tony und öffnete sein Buch.

Bradford brauchte nicht lange. Tony hatte noch nicht

viel gelesen. Es gab einfach zu viel nachzudenken über das Hier und Jetzt, das Gestern, Heute und Morgen. Die Vergangenheit lief ihm nicht weg. Eine Zukunft gab es immer. Er wollte daran teilhaben.

Der Duschvorhang teilte sich, wobei die Ringe oben auf der Stange quietschten. Bradfords Haar war zerzaust und nass. Schwer atmend trocknete er sich ab. Tony sah nicht hin. Er gab vor zu lesen. Als Bradford angezogen war, schaute Tony auf.

Der Mann vor ihm rangierte zwei Stufen unter respektabel, doch das war zehn Stufen über dem Zustand, in dem er gewesen war, bevor er geduscht, sich rasiert, saubere Kleidung angezogen und Zähne und Haare gebürstet hatte.

Bradford stand, Tony saß. Sie sahen sich an.

»Der Chef ist tot«, sagte Tony Quinto, während er sein Buch wieder in die Tasche steckte. »Ermordet. Letzte Nacht. Da draußen auf der Straße.«

Bradford stand ruhig da, hatte das Gefühl, ins Schwanken zu geraten, blinzelte und sagte: »Wer? Warum?«

»Wer? Keine Ahnung. Die Polizei glaubt, dass ich es gewesen sein könnte. Warum? Sie glauben, dass ich nicht wollte, dass er das *Pajarito* verlässt. Dass ich einen Mann wie den Chef getötet habe, um ihn daran zu hindern, in einem anderen Restaurant zu arbeiten.«

»Du würdest für weniger töten oder hast es sogar getan«, sagte Bradford.

Diesmal zuckte Tony die Achseln.

»Ich habe einen guten Anwalt und einen bösen Fall«, sagte Tony. »Ich habe den alten Mann geliebt.«

»Warum war er dort unten?«, fragte Bradford.

»Vielleicht wollte er zu dir.«

»Niemand will zu mir. Ich habe niemandem etwas zu sagen.«

»Ich bin hier, weil ich zu dir wollte.«

Er überreichte Bradford eine Visitenkarte. Sie war aus hochwertigem weißem Karton, mit blau geprägten Buchstaben in einer gefälligen Schrift und den Worten »Diego Sanchez, Rechtsanwalt« unter dem Namen, dazu eine Adresse und eine Telefonnummer.

»Die Polizei«, sagte Tony, während er zur Tür schaute, als ob er auf ein Klopfen wartete. »Es gibt zwei Zeugen, Jugendliche. Sie haben mich nach Fotos identifiziert, sagten, sie hätten mich gesehen. Meine Fingerabdrücke sind auf dem Messer, mit dem er erstochen wurde. Die Tatwaffe ist ein Tranchiermesser aus dem *Pajarito*, ein Messer, das ich offenbar in der Hand hatte. Der Chef hatte angekündigt, dass er zu Hans Correa ins *El Correa* wechseln wolle. Jeder in der Calle wusste davon. Was sie nicht wissen, ist, dass ich Sebastian Contesta überredet hatte, bei mir zu bleiben.«

»Und was glaubst du?«

»Ich glaube, dass der Chef es Correa gesagt hat. Ich glaube, Correa hat den Chef umgebracht und mir eine Falle gestellt. Und ich glaube, wenn das hier vorbei ist, werde ich Correa umbringen. Ich habe kein Alibi für letzte Nacht. Ich habe eine Menge Feinde auf der Straße, alle in Uniform, die schon wie die Aasgeier warten.«

»Sieh mich an, Tony«, sagte Bradford, der versuchte, sich gerade zu halten.

»Ich seh dich an«, sagte Tony ausdruckslos.

»Und was siehst du?«

Tony überprüfte die Bügelfalte in seinem Hosenbein und musterte dann Bradford.

»Ich sehe einen müden, übergewichtigen Mann, der mich am liebsten verschwinden sähe. Ich sehe, *Madre de Dios,* vielleicht meine letzte Rettung. Du warst mal ein guter Cop.«

»Ich war«, betonte Bradford.

»Hast du jemals jemanden geliebt, Bradford?«

Bradford dachte nach. Seine Frau? Ja, aber das war wie ein altes Familienvideo, das seine Farbe verloren hatte. Seine Tochter? Er konnte sich nicht an ihr Gesicht erinnern. Irgendwo hatte er ein Foto von ihr, doch das war aufgenommen worden, als sie zehn war. Inzwischen war sie eine Frau.

»Ja«, sagte er.

»Sebastian Justo Contesta, den Chef?«, fragte Tony.

«Ja.«

Und Bradford fühlte, dass dies die Wahrheit war. Er hatte niemals an das Wort Liebe gedacht im Zusammenhang mit dem hageren alten Mann mit den langen Fingern und der überraschend tiefen Stimme, doch Liebe war der richtige Ausdruck. Der Chef hatte ihn in seine Küche aufgenommen, in seine Welt. Es hatte keine Fragen gegeben, nur ob er das, was man von ihm erwartete, tun konnte und tun wollte.

In einem fernen Winkel seines Gedächtnisses hütete Bradford jenen Augenblick, als der Chef auf Spanisch zu ihm gesagt hatte: »Du bist gut, Jimmy. Du bist sehr gut.«

»Er nannte mich Jimmy.«

»Was?«

»Außer meiner Tochter war er der Einzige, der mich Jimmy nannte. Selbst meine Frau nannte mich nicht Jimmy. Niemand kommt auf die Idee, Jimmy zu mir zu sagen. Jimmy sagt man nur zu Freunden oder zu Kindern.«

Tony stand auf und ging zum Fenster, öffnete einen Spalt in den Jalousien, sah hinaus, öffnete das Fenster und lauschte. Bradford wusste, dass man nur von der Seite aus ein kleines Stück von der Straße sehen konnte. Tony stand nicht an der Seite. Er drehte sich um.

»Du schuldest mir was?«

Es war eine Frage.

»Ich schulde dir was«, sagte Bradford.

»Willst du wissen, wer Sebastian umgebracht hat?«

Bradford war nicht sicher, ob er das wissen wollte.

»Geh zu einem Detektivbüro«, sagte Bradford. »Valdesto.«

»Keine Zeit. Du kanntest Sebastian. Du kennst mich. Du kennst die Küche, die Calle und die Menschen hier. Du kriegst es raus. Kriegst es schnell raus.«

Es schwang nun etwas anderes mit in Tonys Stimme, die Andeutung eines Zitterns, das verräterische Zucken eines kleinen Nervs, ein Anflug von Furcht.

Tony ging zum Bett und zog ein Geldbündel aus der Jackentasche. Er warf es auf das Bett.

Tief in sich fühlte Bradford Überraschung, Überraschung, dass das Geld einen Unterschied machte. Er hatte gedacht, dass der Anblick einer Rolle Geldscheine ihn gleichgültig ließe, aber so war es nicht. Das Geld rührte an ferne Träume, die er längst begraben glaubte. Sein eigener kleiner Laden, wo er die Gerichte zubereiten konnte, die Sebastian ihm beigebracht hatte, wo er mit seinen eigenen Ideen experimentieren konnte. Er versuchte, sich an einige dieser Ideen zu erinnern. Es gelang ihm nicht.

»Du kriegst heraus, wer den alten Mann umgebracht hat«, sagte Tony, der an Bradfords Seite trat und dessen Stimme fast zum Flüstern wurde. »Und ich bringe dich wieder ins *Pajarito*, vielleicht trittst du sogar an die Stelle des alten Mannes. Ich habe den Job Manuel versprochen, aber ich kann meine Meinung ändern.«

Der Traum war verflogen.

»Ich bring das nicht«, sagte Bradford.

»Was auch immer du noch an Selbstachtung in dir hast, du schuldest mir was. Glaubst du etwa, der alte Mann war zum Vergnügen auf der Straße, um sich unter die schwitzenden, stinkenden und betrunkenen Gringos zu mischen? Er wollte zu dir. Es muss so sein. Was wollte er von dir, Bradford?«

»Ich weiß es nicht.«

»Hat er nicht angerufen?«

»Nein. Ich habe kein Telefon. Und im Restaurant hat er mich nicht angerufen.«

»Willst du nicht wissen, weshalb er auf dem Weg zu dir war?«, fragte Tony, der ihn umkreiste, so dass Bradford langsam schwindlig wurde.

Bradford schüttelte verneinend den Kopf, doch er wusste, dass er es wissen wollte. Was konnte der Chef von ihm gewollt haben? Bradford war aus der menschlichen Gemeinschaft ausgestiegen. Er betrachtete sie nicht einmal mehr vom Spielfeldrand aus. Nur selten tat er so, als würde er zuschauen.

»Du schuldest ihm was«, sagte Tony, der ihn noch immer umkreiste. »Du schuldest mir was. Nimm das Geld. Mach den Job. Rette meinen Arsch. Du warst mal ein harter Kerl auf der Straße. Respekt.«

Dann flüsterte Tony: »Respekt. Hier.«

Tony zog ein Foto aus der Tasche, etwas 12 x 17 cm groß und aus dickem, mattiertem Karton. Das Foto zeigte Tony, in Farbe, lächelnd, mit guten Zähnen und klarer Haut. Er reichte das Foto Bradford, der es nahm und zu dem Geldbündel auf dem Bett warf.

Tony hatte noch mehr Geschenke. Er holte ein kleines silbernes Handy aus der Tasche und legte es auf das Bett.

»Die Nummer steht auf einem Klebestreifen auf der Rückseite«, sagte Tony. »Meine Nummer ist da auch.«

Bradford sah auf die Gegenstände auf seinem Bett.

»Mit deinem Boss unten im *Tin Tienda* habe ich gesprochen. Scheiß-Touristenname für ein Restaurant. Nett. Nett. Nett. Ich hasse nett. Der Gehilfe wird für dich so lange einspringen, wie es dauert, aber ich möchte, dass es nicht lange dauert. Ich will es jetzt erledigt sehen, heute.«

»Du vertraust mir«, sagte Bradford kopfschüttelnd.

Nun war es an Tony, den Kopf zu schütteln. Er ging zurück zum Stuhl, setzte sich, stand wieder auf.

»Weißt du was?«, sagte er. »Mein Junge bei den Cops rief mich an, erzählte, was auf mich zukäme, und ich dachte: ‚Wen rufe ich an?' Ich hab meinen Anwalt angerufen. Er sagte, er würde sich darum kümmern. Ich rief Julio und Gustave an, damit sie sich schon mal umhören. Aber sie haben kein Interesse an mir, Bradford. Ich traue ihnen nicht. Sie haben zu viel zu verlieren. Wenn man mich drankriegt und mir das Licht ausknipst, dann tanzen die alle auf meinem Grab. Du hast nichts zu verlieren. Dir traue ich.«

Bradford seufzte voller Resignation und versuchte, nicht an die vielen Gänge, die vielen Fragen zu denken. Er wusste, dass er es tun würde und dass Tony dies ebenfalls wusste.

»Wo warst du letzte Nacht?«, fragte Bradford.

Tony schüttelte den Kopf, lächelte.

»In meinem Büro, von neun bis Mitternacht«, sagte er. »Danach zu Hause.«

»Allein?«

»Allein. Manuel arbeitete noch spät in der Küche. Keine Ahnung, wann er ging. Ich habe ihn nicht gesehen. Das ist alles. Mein Anwalt ist Diego Sanchez. Erinnerst du dich?«

»Ja.«

»Geh zu Diego, wenn du etwas hast, was meinen Arsch rettet«, sagte Tony. »Und mach dich ein bisschen zurecht. Lass dir die Haare schneiden, kauf ein paar anständige Klamotten. Jetzt.«

Und dann war Tony weg.

Bradford betrachtete die Sachen auf dem Bett – das Geld, das Foto, das Handy. Er griff zum Handy. Es hatte ein kleines Display und eine Menge winziger Tasten, die meisten mit Nummern darauf. Er hatte keine Ahnung, wie es funktionierte.

»Was wir haben«, sagte Detective Sergeant Joseph Binder, »ist eine Mordwaffe mit Tonys Fingerabdrücken; zwei Augenzeugen, die gesehen haben, wie Tony in der Nähe des Tatorts ein Paar Latexhandschuhe in einen Papierkorb warf, die wir später sichergestellt haben; die Bestätigung des Hilfskochs im *Pajarito*, dass die Tatwaffe aus der dortigen Küche stammt; Tony Quinto ohne Alibi und eine Menge Leute, die erzählen, dass er dem alten Mann gedroht hat, ihn umzubringen, wenn er das *Pajarito* verließe und zu Correa ginge.«

Bradford saß Binder gegenüber und versuchte zuzuhören, während er das Bedürfnis hatte, sich die kleinen Härchen aus dem Nacken zu wischen, die der Friseur mit seiner Bürste nicht erwischt hatte. Bradford roch nach Talkum.

»Keine Verhaftung«, sagte Bradford.

Binder antwortete nicht sofort.

»Es ist noch früh«, sagte er schließlich. »Und es ist nicht mein Fall. Wahrscheinlich werden sie Quinto irgendwann heute holen. Du kannst das mit Angus besprechen. Du erinnerst dich an Angus?«

Bradford erinnerte sich. Angus war jemand, mit dem er nichts besprechen wollte.

Binder dagegen war ein alter Freund vom Miami Police Department. Na ja, eigentlich war er kein Freund, war es niemals gewesen, aber sie hatten sich gut gekannt, mehr als ein Dutzend Mal zusammengearbeitet und die Fähigkeiten und die Integrität des anderen jeweils respektiert. Binder war Katholik, beichtete, wann immer er die Gelegenheit hatte, hielt sich an die Vorschriften, hatte zu viele Kinder und inzwischen Enkel. Sie waren keine Freunde gewesen. Bradfords Freunde hatten alle getrunken, gelogen und betrogen und – in seinem Fall – gekocht.

Binder war schlank, mit geschorenem Kopf und einem dunklen Schnurrbart, den er wahrscheinlich färbte. Seine Augen glänzten immer feucht, und er schnäuzte sich ziemlich oft.

»Bezahlt dich Quinto?«

»Ja.«

»Er hat es getan«, sagte Binder. »Er benutzt dich.«

»Er hätte jemand Besseres finden können.«

Binder zuckte die Achseln.

Bradford holte das Handy heraus und reichte es Binder.

»Weißt du, wie man mit diesen Dingern umgeht?«

»Klar«, sagte Binder und nahm es.

Bradford gab ihm die Nummer von Tonys Anwalt.

»Frag ihn, ob ich für ihn arbeite.«

Binder rief an, bekam den Anwalt an den Hörer, erhielt die Bestätigung und legte auf.

»Kannst du mir die Namen der beiden Zeugen geben, die sagen, sie hätten Tony auf der Straße gesehen?«

Bradford wusste, dass Binder ihn endlos rumschicken, ihn an Angus verweisen oder darauf bestehen konnte, dass Tonys Anwalt eine offizielle Anfrage beim Büro des Staatsanwalts einreichte, dass er ihn lahm legen konnte. Doch es gab andere Wege. Binder wusste das. Bradford wusste das. Binder führte ein Telefonat, legte auf und sagte: »Michael Katzen, Jenny Schwartz.«

Er gab Bradford eine Adresse. Bradford schrieb sie auf einen zerknitterten gelben Zettel. Bradford stand auf und sah Binder an.

»Du siehst nicht so schlecht aus, wie es dir angeblich geht«, sagte Binder.

»Danke.«

Binder hatte ihn nicht gefragt, wie er sich fühlte. Er fühlte sich genau so schlecht, wie Binder es offenbar gehört hatte.

»Fingerabdrücke auf dem Messer«, sagte Bradford.

Binder, der wusste, worauf dies hinauslief, nickte.

»Hat das Messer in dem alten Mann stecken lassen«, fuhr Bradford fort.

Binder nickte.

»Wirft Latexhandschuhe in einen Papierkorb.«

»Ja.«

»Warum trug er Handschuhe?«, fragte Bradford. »Wenn es Tony war, warum trug er Handschuhe und hinterließ Fingerabdrücke auf dem Messer? Warum hat er das Messer nicht mitgenommen, wo es doch direkt zum *Pajarito* führt?«

»Du kannst Angus fragen, was er denkt«, sagte Binder. »Aber ich würde es nicht raten.«

Es waren gute Cop-Fragen. Bradford war von sich selbst überrascht. Irgendetwas in ihm erwachte zu neuem Leben. Nicht viel, aber etwas. Er nahm das Handy und bat Binder, ihm zu zeigen, wie es funktionierte. Binder zeigte es ihm.

»Vergiss nicht, es aufzuladen.«

Die angegebene Adresse lag in einem Viertel mit engen Straßen und zurückgesetzten kleinen Häusern, die mit grünem Wein und anderem Gesträuch bedeckt waren, und das Bradford an sehr alte Männer erinnerte.

Er hatte einen Teil seines dicken Bündels dazu verwendet, sich ein Taxi zu nehmen. Für knappe zehn Minuten hatte er downtown an einem Nostalgie- und Andenkenladen gehalten, nicht weit von der Bücherei. Das Taxameter war weitergelaufen. Der Taxifahrer sah geduldig aus.

Bradford war nicht sicher, ob er – selbst wenn er einen Wagen besäße – fahren könnte. Es war so lange her, und außerdem hatte er keinen Führerschein mehr.

Sie hielten bei der Adresse, die Bradford dem Fahrer gegeben hatte. Er hatte nicht vorher angerufen. Möglich, dass sie nicht zu Hause waren. Er bat den Taxifahrer zu warten. Er sagte es ihm auf Spanisch. Der Fahrer, der wie ein Latino aussah, erwiderte, er verstehe kein Spanisch. Er hieß Omar. Er war Ägypter.

Große Bäume und Büsche umgaben das Haus. Die Luft roch nach Jasmin und Gardenien. Eine frühe Taube gurrte. Der schmale Weg schlängelte sich um einen stachelig aussehenden Busch. Das Haus selbst war einstöckig, mit grauen Holzleisten und einem leicht geneigten Dach, das mit Blättern und Ästen bedeckt war. Das Licht drang nicht bis hierher.

Er und seine Frau und seine Tochter hatten auch in so einem Haus gewohnt. Vielleicht nicht in genau so einem, aber da war genug, was ihn daran erinnerte. Es gab einen weißen Klingelknopf. Er drückte ihn.

Das Mädchen öffnete. Sie hatte eine geöffnete Dose Cola light in der Hand. Sie sah aus wie dreizehn, trug ein ausgebeultes weißes T-Shirt mit einer farbenprächtigen schlafenden Katze darauf, die auf ihren Brüsten ruhte. Dunkle Shorts. Keine Schuhe. Rechts in ihrer Unterlippe trug sie einen Metallring. Sie war blass, hübsch und sah müde aus. Sie konnte eine Bleichbehandlung beim Zahnarzt vertragen.

»Mein Name ist Bradford«, sagte er.

Über ihre Schulter rief sie zu irgendjemandem: »Noch ein Cop.«

»Was ist das Leben ohne Liebe?«, fragte eine männliche Stimme.

Dann tauchte der Junge hinter ihr auf, ein bisschen größer, ohne Shirt, gut gebaut, kurzes Haar, kein sichtbares Metall, lächelnd. Er sah aus wie ein Verdächtiger in einer »NYPD Blue«-Folge. Aber ein nettes Lächeln.

»Jeder liebt uns jetzt«, sagte er und trat zurück, um Bradford hereinzulassen.

Holzböden, alte gemütliche Möbel. Sehr viel Holz. Sauber und ordentlich. Bücher und Platten. Musik spielte. Salsa. Bradford versuchte gar nicht, den Text zu verstehen. Sein Körper hatte vor langer Zeit jedes Gefühl für Rhythmus verloren.

»Kontrollbefragung?«, sagte der junge Mann.

»Michael Katzen?«, fragte Bradford.

»Richtig.«

»Jenny Schwartz?«

Sie nickte.

»Möchten Sie eine Cola? Light?« Sie hob ihre Dose.

Bradford bejahte, und sie verschwand um die Ecke, während Bradford und Katzen einander musterten. Der junge Mann wippte auf den Fersen. War er high, berauscht? War Zeuge eines Mordes zu sein besser als ein Drink, eine Linie Koks, ein Schuss Heroin?

»Letzte Nacht«, sagte Bradford, die Füße fest aufgestellt, große Füße, Schuhgröße 11. Alte bequeme Schuhe, Sandalen von Rockport. Er verbrachte viele Stunden auf den Beinen, wenn er am Grill schwitzte.

»Letzte Nacht«, sagte der junge Mann, der eine Cola

light von dem Mädchen nahm, das auch Bradford eine Dose reichte.

»Sie sahen, wie ein alter Mann erstochen wurde.«

»In etwa. Wir haben es den anderen beiden Cops erzählt. Ein alter Mann, der da stand, dann zu Boden ging. Wir dachten, er hätte irgendwas Dreckiges mit dem Mädchen vor, nach dessen Bein er griff. Kommt ja vor.«

Bradford sah sich um und wählte einen Sessel. Dort gab es einen Deckenventilator. Keine Klimaanlage. Der Ventilator drehte sich schnell. So wie die Gedanken in Bradfords Kopf. Er setzte sich. Die Polsterung war klumpig. Er nippte an der Cola.

»Sind Sie okay?«, fragte das Mädchen.

»Ich bin okay. Der alte Mann ging zu Boden. Sie sahen das Messer in seinem Rücken.«

»Richtig, ja, in seinem Rücken, relativ tief, ziemlich genau hier.«

Der Junge griff nach hinten und verdrehte sich, während er auf seinem Rücken die genaue Stelle zeigte.

»Und der andere Mann, den Sie sahen?«

»Der mit den Handschuhen«, sagte Jenny und fuhr sich mit der Cola-Dose über die Stirn. »Er ging weg in Richtung Bürgersteig.«

»Er trug Gummihandschuhe«, sagte Bradford.

Die Cola war zu süß, aber sie war kalt. Er dachte an das Bündel Scheine in seiner Tasche, den Umschlag in seiner Hand.

»Er trug Handschuhe«, sagte das Mädchen. »Ging zum Papierkorb, wobei er zu uns herübersah.«

»Direkt zu uns«, bestätigte der junge Mann. »Warf die Handschuhe auf den Müll. Sah uns immer noch an.«

»Sie konnten ihn gut erkennen?«

Schweiß unter Bradfords Achseln. Die Bartstoppeln, die er vor ein paar Stunden abrasiert hatte, waren schon wieder da und kratzten wegen des Doppelkinns an seinem Hals.

»Sehr gut«, sagte das Mädchen. »Haben wir den Cops auch gesagt. Sie zeigten uns ein Foto. Er war es.«

»Ohne Zweifel«, bestätigte der junge Mann, der den Kopf zurückwarf und die Cola leerte, wobei sein Adamsapfel bei jedem Schluck auf- und niederhüpfte. Bradford beobachtete ihn.

»Wie viele Fotos haben sie Ihnen gezeigt?«

»Vier«, antwortete das Mädchen.

»Und Sie waren sich sicher?«

»Hundertprozentig«, sagte Michael Katzen.

Bradford öffnete den Umschlag und zog sechs Fotos heraus, die er in dem Andenken-Laden gekauft hatte.

Grunzend beugte er sich vor und breitete sie auf dem Boden aus.

»Eins von diesen?«, fragte er, überzeugt, dass sein Gesicht knallrot anlief.

Die beiden knieten sich hin und betrachteten die Fotos.

»Diesen hier erkenne ich wieder«, sagte das Mädchen.

»Das ist Cheech Marin«, sagte der junge Mann.

Sie prüften die Fotos, nahmen einige in die Hand, verglichen sie miteinander, legten einige zur Seite und entschieden sich schließlich für eines.

»Dieser hier«, sagte der junge Mann. »Das ist er. Eindeutig.«

»Eindeutig«, stimmte das Mädchen zu.

»Macht es Ihnen etwas aus, das auf die Rückseite des Fotos zu schreiben? ‚Dies ist der Mann, den wir letzte Nacht sahen und der die Gummihandschuhe in den Papierkorb warf.' Schreiben Sie es und unterzeichnen Sie mit Ihren Namen.«

»Wir müssen es beide schreiben?«, fragte sie.

»Nein, nur einer von Ihnen. Und Sie beide unterzeichnen.«

Während das Mädchen schrieb und der junge Mann zusah, ordnete Bradford die Fotografien von Gilbert Roland, Cesar Romero, Edward James Olmos und Cheech Marin. Nachdem sie ihre Aussage aufgeschrieben und unterzeichnet hatten, nahm er ihnen das Foto von Jimmy Smits wieder ab und schob es in den Umschlag.

»Danke«, sagte Bradford, den das Aufstehen mehr als nur ein bisschen anstrengte. Der Sessel war niedrig und tief. Sein Rücken schmerzte.

»Leute vom Fernsehen werden mit uns sprechen wollen, nicht wahr?«, fragte der junge Mann.

»Keine Ahnung«, sagte Bradford.

»Wir haben eine Band«, sagte das Mädchen. »Wir

könnten unsere Shirts tragen, kommen vielleicht in einen Werbespot. Im Fernsehen, Sie wissen schon.«

Bradford nickte.

Der Taxifahrer hörte klassische Musik im Radio, als Bradford wieder einstieg. Er drehte die Musik aus, und Bradford fragte ihn, ob er wisse, wo die Calle Ocho sei.

»Ja«, sagte der Taxifahrer.

»Fahren Sie dahin. Zu einem Restaurant. Dem *Pajarito*. Ich zeig's Ihnen.«

Er war seit vier Jahren nicht mehr in der Straße gewesen. Sie hatte sich nicht sehr verändert. Die Gerüche hatten sich überhaupt nicht verändert. Er sog sie in einer warmen Welle ein, als er vorm *Pajarito* aus dem Taxi stieg und den Fahrer bezahlte. Bradford nahm die Quittung und stopfte sie in die Hosentasche.

Das Schild draußen war noch das gleiche, aber man hatte es neu gestrichen. Der Vogel, ein großer Papagei mit leuchtend rotem Kopf, einer gelben Brust und grünen Flügeln, sah von seinem Platz über der Tür auf ihn hinunter.

Die Tür war geschlossen. Bradford klopfte. Wartete. Klopfte lauter. Auf Augenhöhe befand sich ein kleines Fenster. Er schirmte die Augen mit seinen dicken Händen ab und lugte hinein. Er erkannte die vagen Umrisse von Stühlen, Tischen, einer Bar und das *Dos Ecces*-Neonschild im hinteren Teil des Raums. Nichts bewegte sich. Er klopfte härter, lauter.

Hinten im Raum mit den für den Lunch vorbereiteten

Tischen und Stühlen öffnete sich die Küchentür. Ein kleiner Mann kam aus der Küche und wischte sich die Hände an seiner Schürze ab, während er auf Spanisch vor sich hin schimpfte. Manuel ging leicht humpelnd – Andenken an eine Grenzüberquerung vor einem Dutzend Jahren, als sein linkes Bein durch einen Stacheldraht aufgerissen worden war. Die Grenzpolizei hatte dafür gesorgt, dass es genäht wurde, und ihn dann nach Juarez zurückgeschickt. Dort blieb er drei Tage, bevor er es wieder versuchte und es bis nach San Diego schaffte.

»*Tiene prisa*«, sagte Manuel. »*Tiene prisa.*«

Die Tür öffnete sich. Manuel sah zu Bradford hoch.

»Du solltest tot sein oder so was«, sagte Manuel, als er Bradford erkannte.

»Oder so was«, erwiderte Bradford.

»Du siehst nicht besonders gut aus.«

»Mir geht's nicht besonders gut.«

»Der Chef ist tot«, erklärte Manuel.

»Ich weiß.«

»Letzte Nacht. Die Polizei glaubt, dass Tony es getan hat.«

»Hat er?«

Manuel zuckte die Achseln.

»Hungrig?«

»Ja«, sagte Bradford. Er sagte immer ja zu Essen. Manuel war ein guter Koch. Sie gingen in die Küche. Der Geruch war eine Symphonie von Schwein, Fisch und Saucen, eine Mischung aus süß, aromatisch und scharf.

Bradford ging zum Hackklotz und setzte sich auf einen Stuhl.

»Ich bin fast fertig …«, sagte Manuel. »Für den Lunch. Eigentlich sollte ich heute frei haben, aber mit dem Chef …«

»Ist Tony hier?«

»Señor Quinto ging vor vielleicht einer Stunde mit der Polizei weg. Er sagte mir, ich solle mir Hilfe holen und heute auf den Laden aufpassen. Mein Bruder, mein Cousin Tito und meine Schwester Angelica kommen gleich.«

Manuel war mit dem Essen beschäftigt, rührte um, kostete, fügte etwas hinzu, runzelte die Stirn.

»Bier?«, fragte er.

»Ja«, sagte Bradford. Er hatte eigentlich nein sagen wollen.

Manuel ging zu dem riesigen Kühlschrank mit dem vereisten Glasfenster, öffnete die Tür und holte eine Flasche Bier heraus. Er öffnete den Verschluss, fand ein großes Glas und brachte beides Bradford.

»Sie haben sich bei mir erkundigt«, sagte Manuel. »Die Polizisten.«

»Wonach?«

»Nach dem Messer. Das, mit dem der Chef angeblich umgebracht wurde.«

»Es ist von hier.«

Manuel ging zu einem langen Holzblock, aus dem Messergriffe ragten. Er zeigte auf einen leeren Schlitz.

»Genau dort«, sagte er.

»Du bist sicher?«

»*Si.*«

»Was haben sie dich noch gefragt?«

»Wer in die Küche kommen und das Messer nehmen konnte«, antwortete Manuel. »Ich haben ihnen gesagt: Jeder. Aber als ich letzte Nacht ging, war das Messer noch in dem Block. Das habe ich kontrolliert, tue ich immer. Keine leeren Schlitze.«

»Und sie haben dich gefragt, wer einen Schlüssel fürs *Pajarito* hat?«

»Ja«, sagte er. »*Quizas,* die Hälfte der Leute in Little Havana. Aber sie haben mir nicht die richtige Frage gestellt. Ich hab's versucht. Sie wollten es nicht hören.«

»Was?«

»Komm mit«, sagte der kleine Mann und ging zur Eingangstür der Herrentoilette.

Manuel stieß die Tür auf. Bradford kannte den Raum gut. Hunderte von Stunden hatte er hier verbracht. Das Waschbecken war das gleiche, hatte einige Rostflecken mehr. Das Toilettenbecken sah runtergekommen aus, aber es war vorhanden – sauber und ständig gurgelnd, als ob die Wut in ihm hochstiege.

»Das Fenster«, sagte Manuel.

Bradford ging zum Fenster.

»Es ist nicht verschlossen«, sagte Manuel. »Mach es auf.«

Bradford öffnete es und sah das eingerissene Loch im

Fliegengitter vor der Scheibe. Die Kanten des Maschendrahts waren nach innen gebogen.

»Jeder konnte das Fliegengitter einschlagen, das Fenster öffnen und hereinklettern«, sagte Manuel.

»Hast du es der Polizei gezeigt?«

»Ich hab's versucht. Sie sagten, es hätte keine Bedeutung. Ich glaube, es hat doch was zu bedeuten. Lass uns essen.«

Sie aßen in der Küche. Bradford trank sein Bier, aß, schwitzte.

»Sebastian stand kurz davor, zu Correa zu wechseln?«

Bradford stellte seine Frage, während Manuel zwei Portionen *tocinillo del cielo* servierte.

»Nein«, sagte Manuel, der sein Dessert mit einem winzigen Löffel aß, um den Genuss zu verlängern.

»Nein?«

»Ich hörte, wie er Señor Quinto sagte, dass er seine Meinung geändert habe und nicht gehen würde«, sagte Manuel.

»Wann?«

»Gestern.«

»Hast du das der Polizei erzählt?«

»Ja«, sagte er. »Sie glauben, dass ich lüge, um Señor Quinto zu helfen.«

»Du lügst nicht?«

Manuel nahm einen weiteren Löffel von der dunkelgelben und braunen Süßigkeit, hielt inne und sagte: »Ich lüge nicht.«

»Wer wird hier der neue Küchenchef?«, fragte Bradford.

Manuel schob sich den Rest seines *tocinillo del cielo* in den Mund und zuckte die Achseln. »Das entscheidet Señor Quinto, schätze ich.«

»Du?«

»*Quizas,* vielleicht«, sagte Manuel mit einem Lächeln.

Bradford traf eine Entscheidung. Er hatte nicht die Kraft, zurückzukehren und die Küche des *Pajarito* zu übernehmen, selbst wenn Tony es ehrlich gemeint hatte, dass er ihm den Job geben würde. Er erinnerte sich an den Druck, die Bestellungen, die ständig von den Kellnern hereinflatterten, das Rumgerenne, das Schwitzen, das dauernde Kontrollieren. Der alte Mann war ein Meister gewesen, ein Künstler. Seine Sinne konnten hundertfach beansprucht sein, und trotzdem roch er den Hauch von zu viel Zucker in einer Sauce. Er konnte schon von weitem sehen, ob auf einem Teller zu wenig Reis war, und den Kellner mit einem »*Halto*« stoppen, während er gleichzeitig Bradford in den Arm fiel und ihm erklärte, dass er gerade dabei sei, die Sauce einmal zu viel umzurühren.

Bradford trat auf die Straße. Das Restaurant von Hans Correa lag nur einen Block weiter rechts; das Büro von Diego Sanchez, Tonys Anwalt, ungefähr zwei Blöcke links.

Die Luft war stickig, die Hitze schien Bradfords Gewicht zu verdoppeln, gab ihm das Gefühl, einen toten Mann auf seinen Schultern mit sich zu schleppen.

Er wandte sich nach links, bewegte sich langsam. Leute gingen vorbei. Gruppen junger Männer, die diskutierten, lachten; zwei alte Frauen, die ernst einer dritten alten Frau zuhörten, die sehr schnell auf Spanisch sprach und dabei gestikulierte. Ihre Einkaufstasche hatte sie weit über den Arm geschoben, damit sie mehr Bewegungsfreiheit für ihre Hände hatte. Er glaubte Carlos zu erkennen, einen älteren Carlos, einen Carlos, der tief in Gedanken versunken war oder aber Bradford nicht wiedererkennen wollte.

Der Geruch der Straße, der Juwelier mit dem mexikanischen Silberschmuck im Fenster, die spanische Buchhandlung mit dem riesigen Bild einer lächelnden Frau, die stolz ein Buch vor sich hielt, Hidalgos Fotostudio, wo ihn glückliche Familien von großen Farbfotos anlächelten, und schließlich, zwischen einem Elektro-

Laden und einer Bäckerei, die Tür zu Diego Sanchez' Büro.

Bradford blieb stehen, rang mühsam nach Luft und hielt sich an der Tür fest. Er war niemals zuvor hier hineingegangen. Die kühle Luft der Klimaanlage ergriff ihn, nahm das Gewicht von seinen Schultern, ließ ihn wieder zu Atem kommen. Im Treppenhaus allerdings musste er innehalten. Ein kleiner Korridor führte nach links. Ein Schild auf Spanisch verkündete, dass der Aufzug nicht in Betrieb sei. Das hieß: die Treppe.

Bradford begann den Aufstieg. Das Treppenhaus war hell erleuchtet, das grüne Geländer, das fest in seiner Hand lag, frisch gestrichen. Er ging langsam hinauf, machte Pausen, dachte plötzlich an seine Tochter. Runter würde es einfacher gehen. Musste es.

Am Ende der Treppe befand sich ein Büro mit Glasfenstern, auf der Tür stand in schwarz umrandeten goldenen Buchstaben: »Diego Sanchez, Anwalt«.

Bradford rang nach Luft und ging hinein. Vor ihm ein aufgeräumter Schreibtisch in einem großen Empfangsraum mit auf Hochglanz polierten Eichenholzwänden, vier bequeme Stühle mit gepolsterten Armlehnen und säuberlich gestapelte englische und spanische Zeitschriften.

Hinter dem Schreibtisch saß eine mollige, hübsche Frau mit dunkler Haut und kurzem Haar.

»Bradford«, sagte sie mit einem Lächeln.

Es gab niemanden, der wartete.

Bradford nickte Elena, der Frau von Sanchez, zu.

»Du setzt dich besser«, sagte sie, als sie ihn eingehender betrachtete. »Du siehst aus, als solltest du dich setzen.«

Bradford nickte und setzte sich.

»Möchtest du etwas Wasser? Eine Cola light?«

Er schüttelte verneinend den Kopf und wischte sich mit dem Ärmel die Stirn ab. Er dachte an das Geldbündel, das Tony ihm gegeben hatte. Er dachte daran, diese Sache so schnell wie möglich zu erledigen und, wenn er es dann noch konnte, ins *Tin Tienda* und in sein Zimmer zurückzukehren. Wenn es sein musste, würde er kriechen. Er sehnte sich nach der Dunkelheit. Er wollte das Wirbeln seines Ventilators hören. Er wollte nicht hier sein, doch er war hier.

Die Tür zum Sprechzimmer öffnete sich, und Diego Sanchez und ein großer Schwarzer Mitte Dreißig traten heraus. Diego sah wie ein Anwalt aus, dunkler Anzug, breite Schultern, dunkle Haare, Stirnglatze. Er sah aus wie ein Schauspieler, der einen Anwalt spielt, sauber rasiert und mit perfekten Zähnen.

Sanchez sah seine Frau an, die neben Bradford stand. Sie erwiderte seinen Blick. Diego legte dem Schwarzen seine Hand auf die Schulter.

»Komm nicht zu spät, Ignacio«, sagte Sanchez. »Du kennst den Termin.«

»Viertel nach eins«, nickte der Schwarze.

»*En punto*«, bestätigte Sanchez. »Nicht eine Sekunde später. Der Richter macht Fehler, eine Menge Fehler. Er ist alt. Ich habe ihn im Griff, aber er rastet aus, wenn jemand zu spät kommt. Er bildet sich ein, dass bei jemandem, der pünktlich ist, alles in Ordnung ist. Wir werden pünktlich sein.«

»Wir werden pünktlich sein«, wiederholte Ignacio, während er Diegos Hand schüttelte, und warf einen kurzen Blick zu Bradford, an dem er vielleicht die noch immer schwach vorhandene Aura des Polizisten wahrnahm.

Und dann war Ignacio fort.

»Bradford«, sagte Sanchez. »Kannst du aufstehen?«

Bradford nickte und erhob sich mühsam.

»Komm in mein Büro.«

Bradford folgte ihm durch die Tür, die Sanchez hinter ihm schloss. Das Büro war groß, geschmackvoll, dezent, gemütlich. An der einen Wand eine Couch. Rechts daneben ein Konferenztisch. Ein großer Holzschreibtisch mit zwei Telefonen vor einem riesigen Fenster, das zur Straße raus ging.

Durch das Fenster konnte Bradford in die Praxis eines Zahnarztes im zweiten Stock des gegenüberliegenden Gebäudes sehen. Er konnte erkennen, wie sich der Zahnarzt im weißen Kittel über einen Patienten beugte.

»Tony ist im Gefängnis«, sagte Sanchez, der hinter seinem Schreibtisch saß und Bradford bedeutete, dass er auf einem der Stühle davor Platz nehmen solle.

An der Wand neben dem Konferenztisch hing ein

riesiges Gemälde. Es zeigte einen bunten Tukan, fünfmal so groß und so farbenprächtig wie in der Realität, und war in einen Bambusrahmen eingefasst. Bradford betrachtete es, während Sanchez fortfuhr.

»Die Kautionsverhandlung ist heute Nachmittag«, sagte der Anwalt. »Hast du noch irgendwas für mich?«

»Die beiden, die Tony identifiziert haben«, sagte Bradford. »Sie haben ihre Meinung geändert. Sie sind sicher, dass Jimmy Smits der Mörder ist.«

Sanchez lachte.

»Werden sie dabei bleiben?«, fragte er.

»Sagen wir, sie sind nicht mehr sicher, dass sie Tony gesehen haben«, sagte Bradford. »Und die Fingerabdrücke auf dem Messer. Warum waren seine Fingerabdrücke auf dem Messer, wenn er Gummihandschuhe trug, die, wie die beiden bezeugen, der Mörder weggeworfen hat?«

»Ja, das ist mir auch aufgefallen«, sagte Sanchez. »Aber die Karte muss ich vorsichtig ausspielen. Das Pärchen ist nicht sicher wegen Tony, aber es ist sicher, was die Handschuhe angeht. Da kann ich dazwischenfunken. Was noch?«

Irgendetwas regte sich in Bradfords erhitztem Kopf, ein geflüsterter Gedanke, den er nicht richtig verstehen konnte.

»Ein Loch im Fliegenfenster der Toilette im *Pajarito*«, sagte Bradford, der sich ein wenig besser fühlte, mit trockenem Mund. »Irgendjemand hat es letzte Nacht von außen eingeschlagen. Manuel beschwört es. Jeder hätte hineinkommen und das Messer nehmen können.«

Sanchez machte sich Notizen und nickte.

»Um es Tony anzuhängen. Und?«

»Manuel sagt, Sebastian habe sich entschlossen, Correas Angebot abzulehnen.«

»Ach«, sagte Sanchez, während er schrieb. »Sie werden behaupten, dass er mit dem Fenster und mit Sebastian lügt, weil er für Tony arbeitet, aber wenn er … Weißt du, ob Manuel vorbestraft ist?«

»Soll ich es herausfinden?«

»Nein«, sagte Sanchez. »Das tue ich. Er bleibt jedenfalls bei seiner Geschichte. Das ist hervorragend. Was jetzt?«

»Correa«, sagte Bradford und begann sich zu erheben.

Sanchez tat es ihm nach.

»Bist du in Ordnung?«

Bradford erwog die Frage ernsthaft und kam zu dem Schluss, dass er weit davon entfernt war, in Ordnung zu sein, dass er genau das tat, wovor ihn der Arzt in der Medizinischen Hochschule von Miami gewarnt hatte, nämlich aus seinem Alltag auszubrechen, sich aufzuregen. Aber der junge Arzt hatte auch nicht gewollt, dass Bradford im *Tin Tienda* arbeitete, bis Bradford dem Psychiater, zu dem man ihn schickte, erklärte, dass er sterben würde, wenn er nur in seinem Zimmer rumläge, und er es sich abgesehen davon nicht leisten könne, irgendwo rumzuliegen.

»Ihre Tochter?«, hatte der Psychiater gefragt.

»Nein«, hatte Bradford strikt abgelehnt.

Beeil dich, dachte Bradford, als er auf Sanchez' Tür zuging und zu dem Tukan zurückblickte. Der Vogel hatte diese Augen, die einen durch den ganzen Raum verfolgen. Der Vogel missbilligte Bradford.

»Halt mich auf dem Laufenden«, sagte Sanchez, der ihm die Tür aufhielt.

Bradford hielt das Handy hoch, nickte, winkte Elena hinter ihrem Schreibtisch zu und ging durch die äußere Tür. Ein paar Sekunden stand er da. Es ging schnell. Das war gut. Es ging schnell. Das war schlecht. Keine Zeit zum Nachdenken, immer in Bewegung, immer am Nachfragen, Umhören, Rumbohren. Herrje, war es heiß da draußen. Er wollte nicht nach draußen auf die Straße gehen. Doch wenn er die Sache schnell erledigte – und es ging schnell –, konnte er sich ein Taxi nehmen, zurück an den Strand fahren, sein Geld in der Hand halten und sich seinem Traum überlassen.

Er begann langsam die Treppe hinunterzugehen. Das Etwas in ihm wisperte wieder. Er wollte nicht zuhören. Er wollte sich vorstellen, wie er in einem neuen Anzug und neuen Schuhen in einem neuen Wagen zum Haus seiner Tochter fuhr, mit Geschenken für sie und für ihre Kinder, falls sie Kinder hatte. Er würde sie finden. Er würde die Dinge besser machen, nicht perfekt, aber besser.

Fünfzehn Minuten später überquerte er langsamen

Schrittes die Calle und betrat das *El Correa.* Das Restaurant hatte über Mittag geöffnet, und die Tische und die Bar waren gut besetzt. Das *El Correa* war das Gegenteil vom *Pajarito* ein Stück die Straße runter. Das *Pajarito* war groß, dreißig Tische, eine Bar, helle Lampen, eine tagtägliche Fiesta für den Gaumen und dazu der Ruf des Küchenchefs, Sebastian, der als Bürgermeister von Miami hätte kandidieren können und die Stimmen der kompletten hispanischen Bevölkerung bekommen hätte. Sebastian Justo Contesta war eine Legende. Sebastian Justo Contesta war tot.

Das *El Correa* war doppelt so groß wie das *Pajarito,* mit gedämpftem Licht und Kerzen auf den polierten schwarzen Tischen, einem glänzenden schwarzen Tresen, der sich bis in den Eingangsbereich zog. Wassertanks mit Hummern, Langusten, in allen Farben schillernden Fischen, fetten Fischen; Hände, die sie ergriffen, wenn sie bestellt wurden, und die zappelnden Körper in die Küche brachten, wo sie lebend gekocht, enthauptet, sautiert und gewürzt wurden, um dann zu den Klängen einer vierköpfigen Salsa-Band serviert zu werden.

Das *El Correa* hatte einfach alles, alles außer einem großartigen Küchenchef.

Hans Correa saß in seinem Büro. Bradford war dankbar, dass sich das Büro im hinteren Teil des Restaurants befand, jenseits des Tresens, hinter einer dicken, schwarzen, unbeschrifteten Tür. Bradford wusste, wo sie war. Im Restaurant war es kühl, doch er konnte die

Menschen riechen, ihre Körper, die vielen Dinge, die gebraten, geröstet, gekocht, gegrillt wurden.

Ein großer junger Mann mit den Schultern und der Statur eines Boxers, einem absichtlich etwas zu eng sitzenden Anzug, gewelltem Haar und einem gepflegten, fast unsichtbaren Bart, stand mit gefalteten Händen vor der Bürotür, direkt vor ihm.

Er stand zwischen Bradford und der Tür.

»Ich heiße Bradford. Ich möchte mit Correa sprechen.«

Der junge Mann, der ein kleines bisschen älter wirkte, als Bradford näher herantrat, war nicht beeindruckt. Es gab nichts Beeindruckendes an Bradford.

Der Mann hob seine rechte Hand, zeigte seine Handfläche, um Bradford zu bedeuten, dass er warten solle. Bradford trat zurück und wartete. Der große Mann klopfte an die Tür, hörte etwas, das Bradford nicht hörte, und ging hinein, wobei er die Tür hinter sich schloss.

Bradford betrachtete die Wände. Ordentlich aufgereiht hingen dort Fotografien von Hans Correa mit Politikern, Sängern, Schauspielern, Autoren, Journalisten, Generälen und Models. Alle lächelten, vor allem Hans Correa, dessen Arm immer um die Schulter der Berühmtheit neben ihm geschlungen war. Auf jedem Bild – die meisten waren signiert – schien Correa denselben Anzug zu tragen, dasselbe Lächeln zu lächeln.

Der große Mann kam heraus, trat an Bradford heran und durchsuchte ihn nach Waffen. Bradford ging an ihm vorbei und betrat das Allerheiligste. Der große Mann ging zurück in die Halle und schloss die Tür.

Der Mann auf all den Fotografien saß in einem Armsessel. Der Raum wirkte wie ein Wohnzimmer, nicht wie ein Büro. Es gab keinen Schreibtisch. Ein riesiger Fernsehschirm bedeckte die eine Wand. Auf dem Tisch neben Hans Correa standen drei Telefone, daneben lagen zwei Fernbedienungen.

»Sieh dir das an«, sagte Correa, der auf einen Sessel für Bradford wies.

Der Sessel stand etwa einen Meter neben Correa gegenüber vom Fernsehschirm.

Correa war ein Bulle von einem Kerl. Er sah aus wie ein Mann, der eine Zigarre in der Hand halten sollte, aber Correa war bekannt dafür, dass er weder rauchte noch trank – mit Ausnahme eines von ihm selbst zubereiteten *Coctel de Mango Helado.* Sein Haar war dicht und größtenteils grau. Sein Lächeln breit und selbstbewusst. Er trug einen schwarzen Seidenanzug, ein schwarzes Hemd und eine weiße Krawatte.

»Sieh nur«, wiederholte Correa und nickte in Richtung des Fernsehschirms.

Bradford setzte sich und sah zu, wie Correa einen Knopf auf einer der Fernbedienungen drückte.

Statt des Bildes eines Baseball-Spielers in blauem Trikot tauchte nun das Bild einer Küche auf, in der Männer und Frauen in Weiß oder Blau inmitten des aufsteigenden Dampfes umherhasteten.

»Na?«, fragte Correa und drückte den Knopf ein weiteres Mal.

Dieses Mal erschien der Tresen, an dem Bradford vorbeigegangen war, auf dem Schirm. Ein weiteres Drücken. Der Speisesaal. Noch ein Drücken. Eine Nische des Speisesaals.

»Ich kann jeden Tisch heranzoomen, sehe, was sie essen, kann ihre Gesichter beobachten, erkennen, ob es ihnen schmeckt. Und ich weihe dich in ein Geheimnis ein, Bradford, einfach um dir zu zeigen, dass ich dir traue. Egal was und wo es in meinem Restaurant gesagt wird – ich kann es hören.«

»Ich bin beeindruckt.«

»Na klar, darum hab ich's dir ja auch gezeigt. Du arbeitest für Tony Quinto.«

»Ja.«

»Er will seinen Arsch retten«, sagte Correa, der rumzappte, bis das Baseball-Spiel wieder auf dem Schirm war. »Schlachtet das Huhn, das goldene Eier legt, den Chef selbst, und will seinen Arsch retten. Weißt du, welches Problem Tony Quinto hat?«

»Er hat 'ne Menge Probleme«, sagte Bradford.

»Nein, sein eigentliches Problem. Er beginnt hiermit.«

Correa schlug sich mit der rechten Faust gegen die Brust.

»Nicht damit.«

Er deutete auf seinen Kopf.

»War schon immer sein Problem. Seine Zeit ist so gut wie vorüber, aber er weiß es noch nicht«, sagte Correa und schaute hoch, als der Schlagmann den Ball über die rechte Feldseite weit ins Aus schlug.

»Hatte Sebastian vor, bei Tony zu kündigen und für dich zu arbeiten?«, fragte Bradford.

»Ja. Vielleicht nicht diese Woche, vielleicht nicht nächste Woche, aber er wäre gekommen. Er wäre gekommen, weil ich ihm alles bot, was er wollte. Nicht nur Geld, sondern die Küche seiner Träume, das Personal, das er sich wünschte, und von allem das Beste. Ich bot ihm eine Chance, von Tony Quinto wegzukommen.«

»Sagte er, dass er für dich arbeiten würde?«

»Ja, aber Tony rief mich letzte Nacht an und erzählte, dass Sebastian seine Meinung geändert hätte«, erwiderte Correa. »Dass er zu alt für einen Wechsel sei, dass er sich zu wohl fühle im *Pajarito.* Ich sagte, dass ich das von dem alten Mann selber hören wolle. Tony sagte, dass der Chef heute mit mir sprechen würde. Es ist heute. Der Chef ist tot. Ich brauchte ihn nur so lange, um Tony aus dem Geschäft zu drängen, das *El Correa* zum besten Restaurant in der Calle Ocho zu machen, dann hätte der Chef in Pension gehen können.«

»Und nun?«, fragte Bradford.

»Und nun«, erwiderte Correa mit einem Achselzucken. »Ich habe den Chef nicht, aber Tony ebenfalls nicht. Man wird sehen. Tony kann sich meinen Newsletter ins Gefängnis bestellen. Ich bin sicher, dass er ihm jeden Monat gemailt wird. Suchst du einen Job? Ich habe gehört, du hast bei dem alten Mann gelernt?«

»Das stimmt.«

»Und?«

»Nein danke.«

»Wirst du im *Pajarito* arbeiten, wenn Tony für immer sitzt?«

»Nein. Um welche Zeit hat Tony angerufen, um zu sagen, dass Sebastian bei ihm bleibt?«

»Nachts«, sagte Correa. »Spät. Ich weiß nicht. Hab nicht auf die Uhr gesehen.«

»Hat er noch irgendwas anderes gesagt?«

»Tony? Nein, er ist immer höflich. Wir sitzen bei all diesen kubanischen Spendendinners zu Ehren unserer Doktoren und Wohltäter nebeneinander. Wir prahlen. Wir lügen. Noch irgendwas?

»Hast du Sebastian umgebracht?«

Correa lachte. Er lachte so sehr, dass er fast keine Luft mehr bekam. Er versuchte sich zu beherrschen und brach erneut in Lachen aus. Er brauchte ganze zwanzig Sekunden, um sich zu beruhigen.

»Erwartest du eine Antwort darauf?«

»Niemand kann uns hören«, sagte Bradford. »Niemand würde mir glauben, wenn ich erzählte, du hättest es getan.«

»Also sage ich es dir, damit du dich besser fühlst?«

»Den Versuch ist es wert«, sagte Bradford. »Ich will diese Sache zu Ende bringen.«

Correa nickte verständnisinnig.

»Ich habe ihn nicht umgebracht. Ich habe ihn nicht umbringen lassen. Und jetzt sag mir: Was hättest du getan, wenn ich gesagt hätte, ich sei es gewesen?«

»Dich umgebracht«, sagte Bradford.

»Mit Angel draußen vor der Tür? Du hast noch nicht mal eine Knarre oder ein Messer. Angel hat dich durchsucht.«

Er musterte Bradford, der schwer atmend vor ihm saß, und fuhr fort: »Und ich schätze, ich könnte dich ohne große Mühe umhauen.«

»Ich würde dich nicht sofort umbringen«, sagte Bradford.

Sie betrachteten einander. Correa lächelte, Bradford nicht.

»Du siehst nicht besonders gut aus«, sagte Correa.

»Das sagen mir die Leute dauernd.«

»Vielleicht, weil es stimmt.«

»Es stimmt«, sagte Bradford und stand auf.

Irgendetwas in seiner Tasche piepte. Er kannte das Geräusch, hatte es auf der Straße, im Restaurant gehört. Das Handy. Er nahm es aus der Tasche und betrachtete es. Da waren viele Tasten, auf dem kleinen Display standen Ziffern. Er hatte keine Ahnung, wie man es einschaltete. Auf einer grünen Tast stand »Sprechen«. Bradford drückte die Taste. Das Piepen verstummte. Er hielt das Handy an sein Ohr.

»Ja«, sagte er.

Correa musterte ihn mit gefalteten Händen, war amüsiert.

»Ich habe mit Diego gesprochen«, sagte Tony. »Er glaubt, dass er mich rausholen kann. Du machst deine Sache gut. Grab weiter. Grab weiter. Ich habe dir heute Morgen eine Sache nicht erzählt. Ich habe dir nicht erzählt, dass beim letzten Mal, als du mich in den Knast brachtest, mir etwas zugestoßen ist. Ich nehme Tabletten. Ich versuche, meine Augen geschlossen zu halten. Ich halte es hier keine weitere Nacht aus. Zehntausend als Bonus, wenn du den Mörder des Chefs findest. Finde ihn heute. Oder finde genug heraus, um mich rauszuholen.«

Tony sagte all das gleichmütig, sogar ruhig, doch Bradford wusste, dass es die Wahrheit war.

Unter Wölfen sein

Es hatte geregnet, während Bradford im *El Correa* gewesen war. Keine Überraschung. Es regnete fast jeden Nachmittag. Die Tropen. Manchmal regnete es ein oder zwei Stunden, manchmal zehn oder zwölf Minuten. Nach dem Regen lag oft ein Hauch von Kühle in der Luft. Als Bradford diesmal den vom Regen dunklen Bürgersteig betrat, schien es noch schwüler zu sein als vorher.

In der Ferne, irgendwo bei den Keys, grollte Donner. Er stand da und sah zu, wie die Blitze niedergingen.

Er brauchte Eistee, einen Ventilator, ein Bett, Zeit ohne neue Gedanken. Er fühlte sich, als ob sein Verstand schreiend eine Straße entlanglief, nur wenige Schritte vor einem Wagen oder Zug oder einem Dämon, der ihm auf den Fersen war. Berauscht von einer Droge, die er nicht kannte, rannte er auf eine in der Dunkelheit herabhängende Kette zu, an der er ziehen und damit das Dunkel der Nacht zur Seite schieben könnte, um in den Tunnel zu sehen, um ein Gesicht zu erkennen.

Er konnte sich nicht an das Gesicht des alten Mannes erinnern. Er konnte sich nicht an die Gesichter seiner Frau und seiner Tochter erinnern. Er war nicht einmal sicher, ob er sich an sein eigenes Gesicht erinnerte oder es ihn überhaupt kümmerte.

Und dann hielt der Wagen neben ihm. Groß, dunkel, getönte Scheiben. Bradford blieb stehen. Etwas, vielleicht die Stimme in ihm, die er zu verstehen versuchte, gab ihm das Gefühl, dass er gewusst hatte, dass der Wagen neben ihm halten würde, dass zwei Männer aussteigen würden, einer auf der rechten, einer auf der linken Seite. Keine großen Männer. Keine kleinen Männer. Dunkle, entschlossene, für eine Auseinandersetzung gewappnete Männer.

Sie zerrten an seinen Armen. Leute gingen vorbei und ignorierten – oder gaben vor, es zu ignorieren –, dass Bradford hinten in den Wagen gestoßen wurde, der mit noch geöffneten Türen davonschoss.

Die zwei Männer konnten Kubaner sein. Sie konnten es auch nicht sein. Sie trugen dunkle Hosen, bunte Hemden mit Blumen und Vögeln. Ein Mann war jung, fast noch ein Teenager. Der zweite Mann war älter, hätte der Vater des anderen sein können. Der Fahrer hatte ihm den Rücken zugewandt.

Der Jüngere neben ihm hielt ein Messer in der Hand. Sie sprachen Spanisch miteinander. Wussten sie nicht, dass er sie verstand? Wollten sie ihm Angst einjagen? Sie sprachen vom Tod, davon, sich zu beeilen, und davon, *la cosa* außerhalb des Wagens zu erledigen.

Warum? Bradford fragte sich, was er wusste, das ihn zum Tode verurteilte. War es erst ein paar Stunden her, dass er im Bett gelegen und Tony Quinto an die Tür geklopft hatte?

Er war im Voraus bezahlt worden.

Er war bezahlt worden, um von den Toten zurückzukehren.

Er war bezahlt worden, um zu sterben.

Es war wie eine Offenbarung. Es kam überraschend. Es entlarvte seine letzten vier Jahre als eine Lüge, die er sich selbst eingehämmert hatte. Bradford war sich plötzlich bewusst, dass er nicht sterben wollte. Es gab Gründe dafür. Er wusste, dass es dafür Gründe gab. Auch wenn er sie jetzt nicht kannte, er würde sie finden. Es gab welche.

Es war ihm egal, ob es einen Gott gab oder Götter, Teufel oder Dämonen oder ob nichts auf ihn wartete. Er wollte nicht sterben.

Ein Laster hielt plötzlich direkt vor dem Wagen, ein großer, schmutziger, weißer Zementlaster. Der Fahrer stieg in die Bremsen. Niemand trug einen Sicherheitsgurt. Männer wie diese trugen keine Sicherheitsgurte. Männer wie diese machten sich keine Sorgen um einen übergewichtigen, aus der Form geratenen Ex-Cop mit einer Herzschwäche.

Bradford griff an dem älteren Mann vorbei, als sie alle drei auf dem Rücksitz nach vorn und dann wieder zurückgeschleudert wurden. Bradford öffnete die Tür, knallte einen Ellbogen in das Gesicht des Mannes. Das hatte er schon einmal getan, vor Jahren, in einem anderen Leben, nicht um zu entkommen, sondern um jemanden zu bestrafen. Einen Dealer? Einen Vergewaltiger? Einen jungen Herumtreiber mit losem Mundwerk?

Der Wagen stand. Die Tür war offen. Bradford warf sich über die Knie des Mannes, wobei er eine Messerklinge in seinem Rücken, im Bein oder im Hals erwartete. Bradford schlug mit der Schulter auf der Straße auf und rollte gegen den Bordstein, direkt vor einen alten Mann, der eine kleine Staude Bananen in der einen und eine Papiertüte in der anderen Hand hielt. Der alte Mann trug eine Baseball-Kappe der Miami Dolphins. Bradford sah nicht zum Wagen zurück. Er griff nach oben zu dem alten Mann und bekam zwei Bananen zu fassen. Er fiel zurück und rappelte sich auf die Knie hoch, weil er spürte, dass der junge Mann und vielleicht der Fahrer aus dem Wagen stiegen. Möglicherweise hatte er sie aus den Augenwinkeln gesehen oder in der Spiegelung eines Fensters oder in seiner Einbildung.

Bradford kam mühsam zum Stehen. Es war ziemlich belebt hier vor dem Lebensmittelgeschäft. Der Mann mit der blutenden Nase stand nicht mehr als drei Meter entfernt. Der junge Mann, der nicht versuchte, sein Messer zu verbergen, stieß eine Frau mit Baby aus dem Weg.

Keuchend wie ein kranker Ochse stapfte Bradford durch die Menge. Vor dem Zementlaster sah er ein Taxi auf der Straße, dessen Fahrer daneben stand und sich den Aufruhr anschaute.

Irgendetwas hielt den jungen Mann mit dem Messer auf. Bradford hörte Stimmen hinter sich. Vielleicht brüllte ihn jemand wegen des Messers an.

Bradford öffnete die hintere Tür des Taxis und drängte den Fahrer zur Eile, indem er keuchte: »*Tiene prisa.*«

Der dürre und nicht mehr ganz junge Fahrer, mit Sicherheit ein Kubaner, starrte gerade an Bradford vorbei auf das, was da in der Menge vorgehen mochte. Er wandte den Blick ab, sprang in den Fahrersitz und gab Gas, wobei er mit den linken Rädern auf den Bordstein fuhr, um einen anderen gaffenden Fahrer, der angehalten hatte, zu überholen.

Durch die Heckscheibe konnte Bradford sehen, dass der schwarze Wagen mit den getönten Scheiben hinter dem Zementlaster feststeckte. Er konnte den älteren Mann erkennen, aus dessen Nase das Blut über Mund, Kinn und Hemd lief, wie er in Richtung Bradford sah, seinen Blick auffing. Der junge Mann mit dem Messer war in der Menge verschwunden. Der Taxifahrer raste, als ob er es wäre, der von Dämonen verfolgt würde.

»*Donde?*«, fragte er.

Bradford sagte es ihm, sagte ihm, dass er den Fahrpreis verdoppeln würde, sagte alles Mögliche, was den Fahrer beruhigen konnte, sagte ihm, dass er ein Leben gerettet hätte, dass er ein Held sei. Im Rückspiegel warf der Fahrer einen Blick auf seinen Passagier im Rücksitz. Bradford sah die Augen des Fahrers.

»Ich weiß«, sagte Bradford. »Ich sehe nicht gerade gut aus.«

»Berücksichtigt man, was passiert ist«, sagte der Fahrer, »würde ich das auch nicht erwarten.«

Bradfords Hosen waren zerrissen, aber nicht sehr. Bradfords Knie waren zerkratzt, aber nicht sehr. Bradfords Herz schlug. Und zwar sehr. Er wollte gerne seine Augen schließen, doch er hatte Angst.

Sein oder Nichtsein

Bradford kannte einen Schließer im Dade County Gefängnis, einen von der alten Garde, älter als Bradford. Der Name des Mannes war Speniski, Wayne Speniski. Eine Zeit lang waren sie Saufkumpane gewesen, zusammen mit drei anderen, an deren Gesichter sich Bradford nicht erinnern konnte, obwohl er wusste, dass er sie wiedererkennen würde, wenn er sie sähe.

Bradford fragte nach Speniski, war erleichtert, dass er immer noch dort, sogar befördert worden war. Speniski sah alt aus. Speniski sah aus, als ob er nie aufgehört hätte zu trinken. Seine Nase war rot, auf seinen Wangen zeigten sich Äderchen, sein Bauch hing über den dicken schwarzen Gürtel.

Sag mir nicht, wie ich aussehe, dachte Bradford, aber Speniski sagte: »Siehst gut aus, Bradford.«

»Du bist ein gottverdammter Lügner«, erwiderte Bradford. »Ich sehe aus wie der Tod, genauso wie du. Und diese Leiche bittet dich um einen Gefallen. Ich möchte zu Tony Quinto.«

»Jetzt?«

»Jetzt.«

»Kann das nicht bis zur Besuchszeit warten?«

»Kann es nicht.«

»Macht's dir was aus, mir zu sagen, warum?«, fragte Speniski. »Quinto läuft dir nicht weg.«

»Aber ich ihm.«

»Kapier ich nicht«, sagte Speniski, der sich über die Wange rieb. Er brauchte eine Rasur, nicht dringend, aber er brauchte eine Rasur.

»Krankenhaus«, sagte Bradford. »Ich brauche fünf Minuten mit Quinto. Du kannst schon mal einen Krankenwagen rufen.«

»Du verarschst mich doch nicht, Bradford, oder?«

Bradford antwortete nicht. Er sah Speniski in die Augen, und der Schließer verstand.

»Komm mit. Du kennst ja den Weg.«

Drei Minuten später saß er Tony Quinto an einem Tisch gegenüber. Tony trug eine ordentlich gebügelte blaue Gefängniskluft. Er sah aus wie ein angejahrter Assistenzarzt oder Pfleger. Bis auf Speniski, der weit entfernt von ihnen stand, waren sie allein im Raum. Es gab andere Tische mit Stühlen, mehr als ein Dutzend. Alle waren leer.

»Hast du noch irgendwas herausgefunden?«, fragte Tony begierig.

Bradford nickte.

»Was? Hast du den Beweis, dass ich es nicht war?«

»Ich weiß, wer den Alten umgebracht hat.«

Tony lehnte sich vor.

»Wer?«

»Du«, sagte Bradford.

Tony lehnte sich zurück.

»Du bist verrückt«, sagte Tony seufzend und schaute zur Decke hoch. »Du warst ein Missgriff. Ich dachte …«

»Ich habe wenig Zeit«, unterbrach Bradford. »Du hast mich heute Morgen beauftragt, den Mörder des Alten zu finden. Und du hast mich gebeten, ihn schnell zu finden.«

Tony verschränkte die Arme und schüttelte den Kopf.

»Wie viel hast du den jungen Leuten gezahlt, damit sie für dich lügen?«

»Für mich lügen?«

»Sie haben auf einem Foto Jimmy Smits als den Mörder identifiziert«, sagte Bradford. »Sogar ich weiß, wie Jimmy Smits aussieht. Sie haben gelogen. Und was hast du Manuel versprochen? Den Posten als Küchenchef für Manuel und Geld für die jungen Leute? Wenn jemand anders die Gummihandschuhe angehabt und den Alten erstochen hätte, müssten die Fingerabdrücke verschmiert sein. Doch die Cops konnten die Abdrücke ohne Probleme sichern. Die beiden jungen Leute ändern ihre Meinung, nachdem sie dich identifiziert haben. Manuel erinnert sich an ein Loch im Fliegenfenster und ein Gespräch mit Sebastian, in dem der Alte ihm erzählt, dass er dich nicht verlässt. Du rufst Correa an und sagst ihm, dass Sebastian bei dir bleiben wird und ihm das später selber sagen wird, doch Sebastian stirbt, bevor er anrufen kann.«

Tony saß still da und seufzte.

»Du hast dich selbst als Mörder dastehen lassen, und dann hast du mich angeheuert, um auf die Unstimmigkeiten zu kommen«, sagte Bradford. »Und du hast es mir leicht gemacht, leicht, weil du es im Knast nicht ertragen kannst.«

»Ich hab dir neuntausend gegeben«, sagte Tony. »Geh nach Hause, halt den Mund, und du kriegst zehntausend dazu. Zwanzigtausend.«

Bradford brauchte einen Moment, um wieder zu Atem zu kommen, und sagte: »Und als ich all dies an deinen Anwalt weitergegeben habe, greifen mich zwei Typen vor Correas Laden ab und wollen mich glauben machen, dass Correa sie auf mich angesetzt habe. Weißt du, was ich bin, Tony?«

»Ein kranker alter Scheißkerl mit einem Hirn so weich wie Guacamole«, erwiderte Tony.

»Ganz recht«, stimmte Bradford zu. »Ein kranker alter Scheißkerl mit einem schwachen Herzen, der zwei Profikillern mit Messern entkommen ist. Wie im Märchenbuch. *Cuentos por niños.* Märchen für Kinder.«

»Ich gehe zurück in meine Zelle«, sagte Tony, der seinen Stuhl zurückstieß und aufstand.

»Für eine lange Zeit«, sagte Bradford. »Eine lange Zeit in einer kleinen Zelle. Weißt du noch, was du mir vor kurzem am Telefon erzählt hast? Ich glaube dir.«

»Warum erzählst du *mir* das?«, schrie Tony und deutete auf sich selbst.

»Warum wollte der Chef mich sprechen?«

Tony lehnte sich vor, stützte die Hände auf den Tisch und flüsterte: »Weil er dich um Hilfe bitten wollte, Hilfe, um von mir wegzukommen. Das durfte nicht geschehen. Weißt du, was ich zu verlieren habe? Meinen Ruf. Meine Ehre. Meinen Namen in der Calle, in der Gemeinschaft. Den Alten kündigen lassen, ihn den Leuten erzählen zu lassen, dass ich ihn ohne Respekt behandelt hätte … Es durfte nicht geschehen. Es war nicht wahr. Er dachte, du könntest ihm helfen. Er sagte mir, dass er zu dir wollte. Ich habe die jungen Leute angeheuert, ja. Ich habe mit Manuel gesprochen, ja. Ich habe die Sache mit den Handschuhen eingefädelt, ja.«

»Sanchez?«

»Der Anwalt weiß von nichts. Und so wie du aussiehst, glaube ich nicht, dass du es noch lange genug machen wirst, um mit deinem Wissen etwas anzufangen.«

Das Letzte wurde Bradford ins Gesicht geschrieen. Speniski eilte so schnell wie möglich zu ihm. Bradford fiel hintenüber. Er bekam keine Luft mehr. Er schlug mit dem Kopf auf. Und dann war nichts mehr.

Bradford öffnete die Augen. Eine Frau beobachtete ihn aus ein, zwei Metern Entfernung. Sie wirkte irgendwie vertraut. Dann bemerkte er, dass er lag. Die Feststellung verursachte ihm Schwindel. Er hatte das Gefühl zu fallen, doch er lag in einem Bett und konnte nicht fallen.

»Jimmy, kannst du mich hören?«, sagte die Frau.

Er versuchte zu nicken. Irgendetwas bedeckte seine Nase. Es juckte, kratzte an den Stoppeln über seiner Lippe.

Ein Arzt, Chinese, Japaner oder vielleicht Koreaner, schob sich vor die hübsche junge Frau und beugte sich über Bradford. Er presste das Stethoskop gegen Bradfords Brust und hob seine Augenlider, während eine weiß gekleidete Schwarze ihm den Puls fühlte und dabei auf einen biependen Monitor schaute.

Bradford ließ den Blick wandern, suchte nach der Frau, die ihn Jimmy genannt hatte. Ein Traum? Einbildung? War er tot, ohne es zu wissen? Oder kurz davor?

Der asiatische Arzt trat zurück und nickte der Schwester zu. Die hübsche junge Frau sagte: »Doktor?«

»Im Moment außer Gefahr«, antwortete der Arzt. »Sprechen Sie ein paar Minuten mit ihm. Die Werte sehen gut aus, aber wir müssen vorsichtig sein.«

Die schwarze Schwester tätschelte Bradfords Arm.

»Erin?«, fragte er mit trockenem Mund und blinzelte mühsam zu der hübschen jungen Frau. Seine Tochter trat ans Bett. Sie sah auf ihn herab und lächelte. Es lag Wehmut in ihrem Lächeln, aber es war ein Lächeln. Sie nahm seine Hand.

»Sie haben mich gefunden«, sagte sie. »Über Mama.«

»Seit wann bin ich hier?«

»Seit drei Tagen.«

Er versuchte, ihre Hand zu drücken.

»Zwei Fragen«, sagte er so schwach, dass sie sich nach vorn beugen musste, um ihn zu hören. »Verheiratet?«

»Ja.«

»Kinder?«

»Zwei«, sagte sie. »Ein Mädchen und ein Junge. Das Mädchen ist vier, der Junge zwei.«

»Ich denke, Sie sollten sich jetzt ausruhen, Mr. Bradford«, sagte die Schwester mit einem Lächeln.

»Nennen Sie mich Jimmy«, sagte er.

Bradfords Medianoche – Spezialität des Hauses im *Tin Tienda* in South Miami Beach.

Kleiner als das übliche kubanische Sandwich, wurde das Medianoche ursprünglich gegen Mitternacht nach einer Tanznacht gegessen. Es wird mit Maisbrot zubereitet und enthält weder Mayonnaise, Tomaten, Zwiebeln noch Paprika oder Salat. Die wichtigste Zutat ist gegrilltes Schweinefleisch.

3 dünne Scheiben Kochschinken
3 dünne Scheiben heißes, langsam gegrilltes Schweinefleisch
3 dünne Scheiben Genueser Salami
3 dünne Scheiben Schweizer Käse
in Scheiben geschnittene Mixed Pickles
1/3 süßes kubanisches Brot

Das Brot so aufschneiden, dass beide Hälften miteinander verbunden bleiben. Die Hälften mit Senf bestreichen. Mit Schinken, Salami und dem Schweinefleisch belegen. Den Käse und die Mixed Pickles darauf geben. Das zusammengeklappte Sandwich mit reichlich flüssiger

Butter übergießen und dann in eine Sandwichpresse geben. So lange grillen, bis der Käse geschmolzen und das Brot leicht kross ist. Das Sandwich zum Schluss diagonal in zwei Dreiecke schneiden.

Geröstetes Spanferkel à la Sebastian Justo Contesta
Dieses Gericht wurde siebenundzwanzig Jahre lang im *Pajarito* in der Calle Ocho in Miami serviert.

1 ca. 5 kg schweres Spanferkel
3 Tassen frisch gepresster Orangensaft
1 Tasse frisch gepresster Limonensaft
(von 8 mittelgroßen Limonen)
12 Knoblauchzehen
1 Zwiebel
1 Esslöffel Salz
1 Esslöffel Oregano
2 Esslöffel Olivenöl
4 Lorbeerblätter

Einen großen Topf Wasser zum Kochen bringen. Um die Hände zu schützen, Gummihandschuhe tragen. Das Spanferkel am Kopf halten und den Körper möglichst vollständig eine Minute lang in das kochende Wasser tauchen. Das Ferkel herausnehmen, am Schwanz halten und nun Kopf und möglichst viel des Körpers eine Minute in das kochende Wasser tauchen. Das Ferkel in eine passende Form geben, Orangen- und Limonensaft über das Ferkel gießen und auch innen verreiben. Den zerdrückten Knoblauch mit der fein geschnittenen Zwiebel und dem Salz vermengen. Oregano und Olivenöl zugeben und alles zu einer Paste verarbeiten. Das Ferkel innen und außen mit der Knoblauchpaste einreiben und die Lorbeerblätter darauf streuen. Das Ferkel in Frischhaltefolie wickeln und die Marinade einziehen lassen. 48 Stunden im Kühlschrank ruhen lassen, dabei gelegentlich wenden.

Den Ofen auf 100 °C vorheizen. Das Ferkel in eine große Pfanne geben. Die Hinterläufe zum Kopf ziehen und das Ferkel so aufrichten, dass es auf den Hinterbeinen sitzt. Die Schnauze öffnen und mit zusammengeknüllter Alufolie verstopfen. Das Ferkel 12 bis 13 Stunden rösten, dabei alle Stunde mit der heruntergetropften Marinade begießen. Ein Fleischthermometer sollte ca. 90 °C anzeigen. Für eine braune und krosse Haut die Ofentemperatur während der letzten halben Stunde auf 180 °C erhöhen. Das Ferkel vorm Tranchieren eine halbe Stunde ruhen lassen. Die Alufolie aus der Schnauze entfernen. Das Ferkel auf eine Platte geben und mit Früchten und Blüten garnieren.

Manuel Espicandos Tocinillo del Cielo (Himmelsschinken)

Ein puddingähnliches Dessert, das keinen Schinken enthält.

1 ¾ Tassen weißer Zucker
¾ Tasse Wasser
Saft einer halben Zitrone
7 Eier
3 zusätzliche Eiweiße
2 Teelöffel Vanille-Extrakt

Eine ofenfeste Form mit Karamell ausstreichen. Den Ofen auf 180 °C vorheizen. In einer Pfanne das Wasser und den Zucker erhitzen. Den Zitronensaft zugeben. Alles aufkochen lassen und umrühren, bis der Sirup eine Temperatur von 110 °C erreicht hat. Vom Herd nehmen und abkühlen lassen. Die Eier mit einem Mixer aufschlagen. Den zimmerwarmen Sirup und den Vanille-Extrakt langsam unterrühren. Alles zu einer geschmeidigen Masse verarbeiten. In einer anderen Schüssel die Eiweiße sehr steif schlagen. Mit einem Spatel das Eiweiß vorsichtig unter die Ei-Sirup-Mischung heben.

Die Masse in die mit Karamell ausgestrichene Form füllen. Die Form in einen Topf mit Wasser stellen. Den Topf abdecken und im Ofen eine Stunde backen lassen. Der Tocinillo ist fertig, wenn ein hineingesteckter Zahnstocher sauber wieder herauskommt.

Den Tocinillo abkühlen lassen und dann drei Stunden in den Kühlschrank geben. Vorm Servieren den Rand mit einem Messer lösen, dann den Tocinillo auf einen Teller stürzen. In der Form verbliebenes Karamell auskratzen und auf den Flan geben.

Hans Correas Coctel de Mango Helado

2 Becher Havanna Club Silver Rum
½ Tasse Malibu Coconut Rum
½ Tasse frisch gepresster Limonensaft
2 ½ Tassen gehackte Mango
1 Esslöffel Zucker
2 Tassen Eiswürfel

Alle Zutaten außer den Eiswürfeln miteinander verrühren, bis die Mango püriert ist. Eiswürfel zugeben und so lange weiterrühren, bis die Mixtur geschmeidig ist. In eine große Schüssel geben und eine Stunde ins Gefrierfach stellen. Servieren.

Über die Reihe

GourmetCrime ist die einzige Buchreihe der Welt, zu der internationale Autoren original ihre Texte beitragen.

GourmetCrime vereint drei Trends in einer Buchreihe:

Genuss gilt nicht mehr als Luxus, sondern ist mehrheitsfähig geworden, und so ist es geradezu schick, auch von gutem Essen und Wein etwas zu verstehen.

Die Reiselust wächst unaufhaltsam, und es gibt keine größere Stadt auf der Welt, in der sich nicht auch deutsche Touristen heimisch fühlen.

Krimis sind seit Chandler und Hammett anerkannte Literatur, und heute steht Kriminalliteratur in der gesamten westlichen Welt auf den Bestsellerlisten.

Über den Autor

Stuart M. Kaminsky wurde während der Depression in Chicago geboren. Er studierte Journalismus, Literatur und Rhetorik und unterrichtete bis 1994 an der Northwestern University und der State University. Er ist mit ca. 50 veröffentlichten Krimis einer der etabliertesten Krimi-Autoren der USA.

Über den Herausgeber

Jürgen Alberts ist einer der bekanntesten deutschen Kriminalschriftsteller. Er hat eine Romanserie über seine Heimatstadt Bremen verfasst und organisiert internationale Krimi-Events. Seine Bücher wurden mit mehreren Preisen ausgezeichnet und in viele Sprachen übersetzt. Er reist und kocht gern.